萧马 著 严歌苓 改编

铁梨花

TIE LI HUA

北京联合出版公司
Beijing United Publishing Co.,Ltd.

图书在版编目（CIP）数据

铁梨花 / 萧马著 ；（美）严歌苓改编. -- 北京 ：
北京联合出版公司，2018.6
（严歌苓作品集）
ISBN 978-7-5596-1677-7

Ⅰ. ①铁… Ⅱ. ①萧… ②严… Ⅲ. ①长篇小说一中国一当代 Ⅳ. ①I247.5

中国版本图书馆CIP数据核字(2018)第024500号

铁梨花

作　　者：萧　马　严歌苓
出版统筹：新华先锋
出版策划：新睿世纪
选题策划：木易雨田
责任编辑：牛炜征
特约编辑：宋亚荟
封面设计：王　鑫
版式设计：朱明月
营销统筹：章艳芬

北京联合出版公司出版
（北京市西城区德外大街83号楼9层 100088）
三河市春园印刷有限公司印刷　新华书店经销
112千字　620毫米×889毫米　1/32　8印张
2018年6月第1版　2018年6月第1次印刷
ISBN 978-7-5596-1677-7
定价：59.00元

壹

最先看见的是三尺高的黄烟。一冬一春都不见一滴雨，逃荒的人把黄土路都踩酥了，是人是畜，还没上到漫坡顶上，坡这头就先看见了人畜们踏起的尘烟了。一支响器响了，好透亮。另外三支响器随上来。漫坡这边的人想，可是有荒唐人，这时候娶亲：太阳都快落了。

这时一顶鲜红的花轿让黄色尘烟托着，从漫坡顶升上来。逃荒的人们忘了他们要去扒那趟五点钟通过的煤车，一起朝路尽头微眯着眼，半张开嘴。他们想：又错了哇，走在最前头的娘家舅呢？这是谁家娶媳妇，老大的排场，没一点礼数。

一匹枣红马从后面跑上来。漂亮牲口！舅子也漂亮，不过太年轻，只有二十四五岁，身上的黑贡呢长袍一水都没洗过，一个大红缎子绣球让宽宽的两根红缎带子打了个十字交叉绑在胸口。这舅子身上起码裹了二丈红缎子！

响器班子有十二个人，十二身红缎子马甲。大荒了两年，娶媳妇敢娶得恁阔，除了县城里的赵旅长，不会有第二个人了。旱涝都不耽误赵旅长发财。赵旅长不是有媳妇吗？有多少媳妇也不耽误赵旅长再娶。

四个胳膊下夹着红毡子的汉子赶上前，把路边几棵丑怪的老榆树挡上，等轿子里的新人下来拜拜榆树精。

一定是赵元庚娶新奶奶。规矩都乱了，哪里要挡四块毡子呢？显财露富，老榆树精也未必领情。八个轿夫却不停，新媳妇也不下轿。好歹拜拜老树精，不拜挡它干啥？人们站在路边，去年侥幸长出的蒿草枯得发白，披挂着厚厚的尘土。远处田野里没一个人，再远是房子、窑院，也没一柱炊烟。谁家糟蹋麦种，在榆树后面出了些瘦苗。再没雨下来，苗不久就是草了。

娶媳妇还照样娶的，只有炮一响就来钱的赵元庚了。八个轿夫跨着“一二一”的操步，从目瞪口呆、脏得一模一样的面孔前面走过。骑红马背大红绣球的舅子前头招呼一阵，又到后面招呼。舅子细长脸，白脸皮，一根漂亮鼻梁，好骡子似的，眉眼倒文秀清灵，目光却是凛冽的，骑马不是庄稼人的骑法，是丘八骑法。所以人们觉得这舅子看着是个秀才丘八，打过枪，枪弹也送过不少人的命。他若是新媳妇的哥，新媳妇难看不了。她敢难看？赵元庚四十来岁娶难看的闺女图什么？

娘家咋没陪嫁呢？两行穿新袄的男孩子该是担嫁妆的，却都空晃着两个手，屁股蛋凸凸的，藏着盒子炮？

逃荒人里有几个也荒唐，决定不去赶那趟煤车去西安了。他们远远跟在响器班后面，进了城关镇。

赵旅长的宅子在县城南边，迎亲队伍一进城门就停了，一个走在轿子后面的小伙子叫了声："张副官！"

骑红马的舅子回过头，这才发现几十个人全停了下来。

小伙子指着蒙一层宣黄土的街面叫道："看这儿！"

张副官已掉转马头小跑过来，见暄腾的黄土上一滴一滴深红的血珠。小伙子又指指轿子，说："从城门就有了！……"

张副官翻身下马，脸由白变红，再白，就白得不像人了。他不知怎样已到了轿子前，绣得有八斤重的轿帘给掀起来，里面的新人正安静地坐在沉重的红盖头下，什么差错也没有。再把盖头撩开一点，看见血是从她两只绑在一块儿的手上流出来的。

没去赶着扒煤车的逃荒人觉着值了，他们看见了戏里才有的事物。新媳妇用银簪子戳穿了腕子。这小闺女抗婚呢！要做祝英台呢！那就肯定有个梁山伯？是谁？！……路程再长些，说不定还真让这闺女自己成全了自己。

"嫂子，可不能！"张副官把红盖头猛掀下去。

戴凤冠的头抬起来。一张桃子形的脸上，也都是血，两只眼珠子于是成了蓝白的。

她右手上的簪子转了过来，尖子朝外。

"凤儿！"

这一叫，新人安静了些。

被看热闹的人们叫成“舅子”的斯文丘八和这位新奶奶看来不是头回见面，旁边的人们一模一样地瞪着眼，吸着鼻涕，脑子却一点不闲，跑着各种猜想。

张副官向旁边一伸手，一个扮轿夫的士兵明白了，解下扎在头上的红手巾，递上去。

“张副官，那边就有郎中……”一个上岁数的士兵说。

张副官仔细查看新奶奶的手腕。不止一个洞，但伤势不重。一根簪子成不了什么了不起的凶器。被士兵们称为张副官的男子非常冷静，根本不去看新奶奶的仇恨目光，只是把她两个腕子上的血轻轻擦去。他确实不是头回见这位新奶奶，赵旅长最初打她主意时，他隔着街盯过她。她是个漂亮人没错，但你觉得她不只是“漂亮”，没那么简单，就光是她的漂亮也藏了许多别的东西。她只有十九岁，但你觉得她见多识广。

“你可不能！”张副官掏出自己的白手绢，给凤儿扎上手腕子。又叫了一个护轿的兵去找水，把凤儿脸上的血擦洗掉。

士兵不久端着一缸子茶跑来，说是从一个茶摊上赊来的。张副官两根细长的手指尖把那条红手巾按在茶水里，蘸了蘸，再往凤儿脸上擦抹。凤儿的眼睛跟着张副官的手头动，只要快触到她脸了，她便猛一动。

“嫂子，你这不是难为我吗？”张副官白脸急得通红。“你这一闹，我已经不知该等着啥处置了。”

他叫两个士兵把凤儿的头捺住，他好歹把她那血头血脸的吓人模样抹掉了。

“我叫张吉安。以后还承蒙嫂子关照。”

张副官手里那缸子茶成了锈红色，凤儿的桃形脸蛋被洗出来了。他还是头回能跟这脸蛋凑得如此近，近得能看见她鼻梁上一根淡蓝的青筋，把两个分得东一只西一只的大眼暗暗牵连。黑眼仁真是有那点蓝色。据说她母亲是开封人，上几辈姥姥里有个犹太人……

张副官手上的茶突然翻了，几乎没人弄清它是怎样翻的。凤儿的动作很快，膝头那么一顶，带血的茶就全洒在张副官脸上、身上了。

凤儿就那么看着张副官，似乎也在纳闷儿他体面周正的模样怎么眨眼就狼狈起来。张副官眼看要来脾气了，却又赔上一个笑脸。

“嫂子，咱不敢太耽搁久，客人都到齐了。”他的意思是说：你在这儿尥够蹶子吧。

凤儿又摆出个姿势，一只脚缩回去，意思是但凡有谁靠近，她都会把脚踢出去。那一脚踢到哪儿就算哪儿，踢到男人要命的地方也是没法子的事。

“嫂子，记住我一句话，”张副官突然低了声调，吐字却极其清楚，“留着青山在。”

凤儿突然给打了岔，腿放了下来。

张副官叫一个士兵拿了块干净手巾来，再次赔礼赔笑，让凤儿委屈一点，得把她的嘴堵上了。堵的时候他没有亲自上手；他退到一边抽烟卷，看着两个士兵给啐得一脸唾沫才完成了公务。

又起轿时，他听两个士兵咬耳朵，说那脸蛋子滑腻得跟猪胰子似的。张副官骑着马靠拢了他们，大声骂了一声“下流坯子！”马靴的脚底印已经清清楚楚留在士兵新袄子的肩膀上。

迎亲队伍顺着一条宽敞的巷子走进去，跟着看热闹的人挤不动了。他们说，果然就是赵旅长。

赵府大门口，二踢脚响了，响器班十二个乐师同时吹打，十来挂鞭炮紧跟上，炸得干旱了近两年的空气都要着火。青砖墙头上盖着黝黑的宽大瓦片，缝隙里冒出的草也干得发白，鞭炮的火星子偶尔落上去，冒起一小股青烟。走在轿子一侧的是个中年汉子，本该是新媳妇的娘家亲眷，但他现在是赵旅长编制里的一个伙食团长。他担了两个筐，一个筐装一只公鸡，另一个装一只母鸡。这时大半个城的人全让鞭炮、响器招惹过来了。也没人敢往前凑，怕这些护轿挡毡的拔出盒子炮来。他们自我约束地在赵府门口拉个大半圆的场子，看担鸡的人一把揪下公鸡的头，再一把揪下母鸡的头，把仍在蹬腿的无头鸡拎在手上，原地转了三个圈，放出的血如鲜红的焰火，看热闹的人们大声起哄：“好噢！”

上了点岁数的人挑理说赵元庚到底不是本地人，鸡血哪儿能那么野洒？那是避邪的，又不是跳神。

没人知道这位新娶的奶奶什么来头，弄这么大排场。娶第四房奶奶时，赵家只出动两辆骡车，就把人接来了。

接下去就看见两人把新媳妇从轿子上搀下来。细看不是搀，是架；新媳妇两只没缠过的大脚脚尖点着红毡子铺的路给架进了大门。

上岁数的人又说不对了不对了，新郎官咋不出来迎轿子？掀轿帘子该是他的事儿啊，还得拿根大秤杆来掀啊！给两个小伙子架进门的新媳妇盖着一个老大的红盖头，耷拉到膝盖，就那也看得出里头的新人老大不愿意。

响器班子最后跟进宅子，鞭炮还没放完。不久两个勤务兵抬了一大筐糖果出来，一把一把向人堆里撒。人都成了抢食的狗。少数大胆的往院子里张望，然后向胆小的大多数介绍说，赵府的三个院子都摆满了八仙桌、长板凳。

中院、跨院都坐着客人。三教九流的客人们看着新奶奶顶着个巨大的盖头，一顶红帐篷似的飘移过去。正支应一桌军界客人的大奶奶一见，马上笑着赔不是，一面已经起身跟着红帐篷去了。大奶奶叫李淡云，是赵元庚一个老下级的女儿，宽厚贤良得所有人都心里打鼓，不知她哪时突然露出厉害本色来。

李淡云四十一岁的脸平平展展，一根皱纹一根汗毛都没有，眉毛也是淡淡的云丝，她就用这张脸隔着红盖头的一层凤凰刺绣、一层缎面、一层绸里子对新人笑了又笑。她一面笑着问“渴了？”“饿了？”“累了？”，接着又吐了句：“苦了妹子了！”一面又笑眯眯地隔着盖头对里头的人察言观色。

张副官风尘仆仆地进来，对她耳朵说了新奶奶使簪子扎自己腕子自尽未尽的事。李淡云不笑了。过一会儿，又笑起来。

“先去老太太屋吧。”大奶奶淡云说。她已从新媳妇侧边超过去，领头往跨院走。张副官犹犹豫豫地跟上去。

刚刚走到廊沿上，就听堂屋出来一声喊：“我的车备好没？！”这一嗓子虽老，但难得的气贯丹田。

淡云停了一下，笑容更大了。她向两个架着凤儿的士兵打了个手势，叫他们暂停一下。

“备车去哪儿啊，妈？”淡云说，一面上去就给坐在当中太师椅上的老太太捶肩。

“我要回洛阳！”老太太大声说，显然不是单单说给这屋里的人听的。

赵老太太刚满六十，天天称病，但从她的吃、喝、拉、撒，声气的洪亮都表明她阳气很旺，精力是四十岁人的精力，体力也不过是五十岁人的体力。

“快进来吧。”淡云说，“先给咱妈磕个头。”她眼睛跟着被架进门的新人。“咱妈等着抱孙子，等了小半辈子了。偏偏咱姐儿四个不争气！……”

“谁和她‘咱’呐？！”老太太说。

“妈您就受她一拜……”

“别往我跟前来！”老太太往椅背上一靠，闭上眼。“我说我这好了几年的寒腿怎么又疼开了。阴气太重。昨晚房子上的野猫叫了一夜。猫通灵，早就闻着老墓道里尸首气了。昨天我就跟吉安说……”

张副官从门口跨进来。

老太太朝他瞥一眼：“我说吉安你这人就是属鬼的，真吓人！说冒出来就冒出来，鬼似的一点动静也没有。说得好听呢，你是机灵；说得难听呢，什么事都甭想背着你说，背着你做。既然你把话都偷听去了，我也不用再瞒你啥：我屋里的几件东西，我已经叫人搬回洛阳了，不然元庚那混账娶进来一个盗墓贼的闺女，以后少了啥咱也不好说。我的车呢？”说着她一只手抓起了拐杖。

“妈，您要当这么多客人的面走了，元庚的面子往哪儿搁？”淡云说。

“混账东西还要面子？娶杀猪的闺女，哭丧婆的闺女，我都认。非得弄来个掘人祖坟、丧尽阴德的盗墓贼的闺女！她能给张家生龙生凤？生的不就是小盗墓贼？”老太太已经拄着拐杖站起来了。

“老祖宗，您小声点！”淡云笑呵呵地说。

“你寻思院里坐的这些客人不知道女方是谁？你以为他们把她当哪家绸缎庄、银庄的体面小姐？”

大奶奶说：“来，凤儿，快过来给你婆婆磕头，求她别走……”

架着凤儿的两个小伙子用力按她的肩膀，想让她两腿打折，好歹下个跪。凤儿却越按人越直、越高。

“旅长说了，请老太太您千万留下，喜筵马上要开始了！”

张副官说。

老太太由大儿媳搀着，拐杖狠狠杵着青砖地面，一面像戏台上老太后退场似的挟风带电地往门口走。

淡云说："就算您买我个面子……"

"甭劝我，谁劝我我骂谁。还不带她出去？"她拐杖直着出去，几乎戳到凤儿的胸口。"我这脊梁直过阴风！"

李淡云和张副官如释重负。他们知道老太太大致闹完了，下面只等儿子来下个跪，再挨她三五句骂，事情就过去了。

李淡云让两个士兵把凤儿从老太太院子的侧门架出去，穿过一个后花园，就是打扮一新的洞房。洞房在最后一进院子里，一点也听不见车马喧嚣，几棵梨树正打苞，毫无大旱荒年的痕迹。

也不知受什么人指点，赵元庚弄了张洋式大床作婚床。床的上方悬了一顶圆形纱帐，让李淡云和另外几个奶奶都背地笑它是个巨大的"绣花绷子"。这个巨大的绣花绷子垂着粉色西洋纱，底部散开，中间开了个缝，床头像真的金器，闪的光泽一点不轻薄，上面镶了三块白底板，中间大的一块上是一男一女两个仙子，两边小的上，对称的四个长翅膀的男娃娃，肥嫩粉白，一身的酒窝。

大奶奶李淡云让两个士兵把新人架到纱帐开口处，在她肩上一按。大概是累了，凤儿没有犯倔就坐了下去。但软乎的弹簧床让她大吃一惊，隔着盖头也看出她像小兽落入陷阱似的惊慌了一瞬。

李淡云呵呵地笑起来。"看这鬼床，睡着能解乏？元庚偏要买！还是西洋进口的！”她说着在凤儿边上落了座，又把新人吓一大跳；那床又来了个大幅度沉浮，还嘎咕几声。

“元庚也不来看看咱妹子……”大奶奶淡云拍拍凤儿的大腿。那大腿立刻显出强烈的恶心，猛地架到另一条腿上。

“看看这鞋！”淡云不在意，蹲下来替凤儿脱下了绣鞋，“全是土！”她从床下一溜各色绣鞋里挑了一双大红的，给凤儿往脚上套。凤儿马上蹬开了她的手。

两个架她进来的士兵可没大奶奶那副“能撑船”的度量，上来就要请凤儿吃家伙。大奶奶给了他们利刀似的一个眼色。

“撒气撒得好！”淡云说，“好好地撒撒气！替我也撒撒！谁出嫁没气啊？我嫁给他的时候比你气大多了！我爹把我的私塾断了……”

淡云又挨着凤儿坐在床沿上，眼睛并不看两个士兵，一只手嫌烦地向他们甩着手腕，撵他们滚蛋，嘴里还是软乎乎的话。

“我到现在气还没撒完呢！二十几年里头，我陪他出过多少次征？他三年一娶，五年一纳；过得好没我啥事儿，老夫少妻一打起来，我还得两头哄！”

她又拍了一下凤儿的大腿。凤儿朝床的一头挪了一下，想躲开她的手，但淡云也跟着挪了一下，大腿和大腿又挤上了。一个亲热，一个戒备。

“嫁进赵家，你我就是姐妹，虽说我这岁数你该叫我大娘。往后我就叫你五妹妹。他也四十出头了，也娶不动了，我看以后顶宠的就是你五妹妹了。”她看看盖头下面一动不动的凤儿，似乎有些被她劝服的意思。

“五妹妹，我知道你有个相好。不怕你笑话，我从小心里也有过人。哪个小闺女不是看戏长大的？不过那梁山伯、祝英台是戏台上的人，真过日子，你找个只会跟你作诗、唱曲、猜谜的梁山伯咋弄？你也不能让你老父母晚来把他当靠山吧？”

李淡云看见一颗豆大的泪珠从盖头里滴下来，落在新得闪光漆亮的红缎子百褶裙上。想到自己那个梁山伯了，还是想到自己的老父母了？恐怕想到自己拿簪子扎腕子，要学闯坟的祝英台又没学成，正糟心呢。

“吉安哪！”李淡云朝门外喊道。

张副官并没有应答。大奶奶又喊了一声，他才道了一声“在”。他似乎是在别处听到大奶奶的传唤赶过来的。

“你去把那东西拿来给五妹妹过过目。”

“是。”

张副官五分钟之后回到洞房门口，招呼说东西他拿来了。大奶奶见红盖头被里面的呼吸吹得起伏一下，不动了。显然是凤儿在屏住呼吸等待，想见识“那东西”究竟是什么。从大奶奶的声气里也听得出玄虚。

“拿进来吧。”淡云说道。

张副官又应一个“是”，推开门，走进来，像交战事报告一样把一个牛皮纸夹双手捧给李淡云。

淡云说："要说吧，我心里都泛醋啦！"她呵呵地又笑，拍了一下凤儿洇着一小摊泪渍的红罗裙。

凤儿又往旁边一挪，淡云跟着再一挪，两人的大腿又紧贴上了。凤儿显然怕的就是这个——李淡云的肉滚滚的厚颜的大腿。因为床太软，一个屁股坐下去就是一个坑，两个屁股紧挨着坐，坑越发大越发深越发一陷进去就不能自拔。凤儿似乎无可奈何地坐在两个女人的分量造出的坑里，让大奶奶热乎乎的体温像病一样过到自己身上。

"哎哟！"淡云叫道："这是谁干的？！怎么把手腕子扎成这样？！门口那个谁——"

门口"那个谁"立刻应了一声："在！"

"去拿点白药烧酒来！"大奶奶李淡云发号施令了。"张副官，人还没入洞房就见血，赵旅长准要骂你们饭桶！"她使个眼色，非常柔媚的眼色。

张副官明白了，从马靴里抽出一把匕首，走上来，割断了凤儿手上的绳子。他侥幸当时绑了她的手，她用簪子不那么方便，不然花轿肯定抬一个死新娘过来。

李淡云从牛皮纸夹子里拿出一张文书，搁到凤儿的大腿上。"喏，这是地契。元庚给他老丈人的礼不薄吧？"她看见盖头又给吹得动荡一下：下头那个女子看到自己身价了。"三十亩水浇地呀！"大奶奶的手在地契上和地契下的大腿上又一拍。

这回盖头下的人没动。

“三十亩水浇地在你们村顶个小财主了。你爹也用不着再干那缺阴德的勾当了。按说呀，他在赵旅长的地盘上盗墓，旅长毙了他都不屈他……”

红色的盖头忠实地耷拉着。再漂亮再俏，三十亩水浇地，方圆几百里也算一份漂亮彩礼。大奶奶淡云若处在凤儿的位置，也该知好歹识时务惜福了。

“你看看，这儿，是卖方画的押，这是你爹的名儿。”淡云胖胖的素手指点着一处又一处。

她感觉盖头下的目光跟向那一处又一处。她心里笑笑，想到女人们都可怜，见到这点东西就以为男人动了真情。

“等赵旅长一出门打仗，我就带着你们姐儿几个玩。我保你不想你那个梁山伯。等你第三天回门，把这地契交给你爹，啊？”

她看见凤儿把地契从腿上拿起来，双手显得很郑重。她家从祖上到现在，何曾见过这么好的水浇地？这下盗墓贼的闺女给收服了，肯定给收服了。

“这儿我给你预备了人丹，含在嘴里，不然人多，一闹开来，你没准心慌头晕。还得给你均均脸……”她一面已掀开红盖头，装着没看见那没拭净的血迹，也没留意堵在凤儿嘴上的手巾。她漫不经心地随手扯下手巾，正要往门口的脸盆架走，凤儿一下子朝窗口扑过去，“砰”地推开雕花窗扇。

“来人哪！救命啊！”

凤儿的叫喊声宽亮高拔，一副天生的刀马旦嗓音。

院子里所有八仙桌周围的笑脸都呆住了，转眼又都窘坏了。

“抢人啦！……”嗓音突然又婉转凄切起来，抖擞着环绕院墙，成了一声大青衣上场前的哭腔。

所有客人你看我我看你，很快一种“看好戏”的笑容浮到脸皮表层来。新奶奶凤儿还在长呼短啸。与赵元庚同桌坐的政要们觉得拿出任何反应都会太拙，只好端酒杯、夹菜，假装耳背，好在他们大多数都是耳背的年纪。其他桌上的客人们就不客气了，都朝那个发出呼救的方向探望，再反过来探望赵元庚的脸。他的脸细看跟张副官有一点相像，因为两人是姑表亲，只是神情上一武一文，让他们断然成了两个人。只要赵元庚坐着，人们都会觉得他挺拔周正，个头高挑，一站立起来，人们又大失所望。他早年受伤的腿使一根筋络短了不少，所以那条腿打了个永固的弯，行走起来一窜一蹴，看起来就大失稳重。人们于是便为一副上好的身板暗暗喊冤。

就在新媳妇头一声叫喊出来时，一个张罗杂事的勤务班长对响器班的吹鼓手们吼叫：“吹呀！日你奶奶！……”

吹鼓手们坐成两排，一人捧一碗滚烫的茶正在喝，听到新媳妇喊“救命”，又听勤务班长呵斥，竟然来不及放下茶碗拿起家伙。他们是头一次进这样的深宅大院，见什么怕什么，每听一句话都在心里过三遍才吃准。等他们找到地方把茶水搁下，七八个士兵已端着长枪向后院洞房跑。

“站住！”赵元庚突然喝道。

士兵们全站住了。

“向后——转！”赵元庚又喝道。他一只脚在桌下虚着，足尖点地，使他自己两个肩膀大致一般平。他的黑马褂里穿着军装，于是肩膀棱角锋利，和民间的一般新郎官是绝不相同的。

他突然一改军旅腔调，对持枪士兵软软地甩了甩手：“回去吧，本来没啥事也给你们吓坏了！”

士兵们还是进退两难地站在那里，枪有的竖着有的横着。客人们听说赵旅长不像其他军队长官那样，常常拖欠当兵的薪饷，就是军事训练太次，骑兵连的骑兵骑马都跟小媳妇骑毛驴走亲戚似的。

旅长对所有人抱了抱拳：“受惊了各位。”说着他哈哈哈地乐起来。人是个瘦人，却有胖弥勒佛的笑声。他回肠荡气地笑了几声，说：“女人哭嫁呗，算啥新鲜事？爹妈养一场，那可得哭哭！……”

喊声没了。

“来来来，压压惊！”赵旅长端起酒盅，站立起来。“这更说明凤儿是个好闺女！为凤儿干了！”

客人们又一次呆了。这个赵元庚一条腿长一条腿短的皮囊里，究竟包藏几个不同的人，他们从来弄不清。他们只明白他绝不止豪爽、勇猛、爱兵如子，也绝不止残忍、贪婪、侠义。

“这才叫好女子。”他说着坐下来。一只脚虚点着地，耗费的体力不亚于金鸡独立。“真是重情分！”

客人们还是不知如何解他的意思。

“本人这是夺人所爱。”赵元庚说着,脸上似乎漫过一阵黯然,紧接着就大大咧咧地笑起来,“不瞒你们说,凤儿原有一位如意郎君,不幸她和他有情无缘。不过,凤儿对那小子的一番痴情,我是很敬重的!”他又一口干了一杯酒。

人们再看见赵家的五奶奶,是半个月以后了。她总是跟在赵元庚身后,看不出是情愿还是不情愿,但乖巧还是乖巧的。女人认了命,也就开始惜福。凤儿脸上,就是那种认命、惜福的安详。比起刚嫁过来时,她瘦了些,大奶奶李淡云从她自己屋偷偷看凤儿,发现她只要误以为是一个人独处,总是呆呆的,手在腿上轻轻拍着板眼,心里似乎在唱曲消磨。

李淡云跟丈夫说:“再喂喂,就喂熟了。眼里看着没啥野性了。”

凤儿还是很少主动对丈夫笑,更不主动跟婆婆说话。老太太指桑骂槐地说她还没死丧门星就上门,凤儿听了也就听了,一点别扭也不闹。

人们是在凤儿进门的第二个月才发现她是如何一个爱说爱笑的人。她说话你得当心,不然就给刺着了,或者成了她笑话的靶子。

这天她跟赵元庚说她要逛街去。进了赵家她一回没出去过,当然知道她是出不去的,想都甭想,脚往大门槛外一跨就会让几杆长枪挡回来。她跟丈夫撒泼撒娇,还是没用,赵元庚说:“这你都不知为啥？”她说：“为啥？！”“我信不过你啊！”这一句话一说出口，她什么也不用理论了。假如问他：“那你啥时能信过我？”他会搂着她说：“没那日子。”“那为啥？！”“这你还不知道？我醋缸一个啊！怕你又跑回那姓柳的后生那儿去。”赵元庚正如他自己宣称的那样：是个头等大骗子，因为头等大骗子只说大实话。

赵元庚应允她出去逛逛，买些衣服料子。凤儿乘着骡车直奔城东。下了车，她进了一家绸布庄，让伙计一匹一匹地给她取料子，往身上比画。最后她让他撕了两块绸子，都是做夏天衫子的。绸布庄有个边门，门外有个卖伞具的摊子，各种纸伞撑开，层层叠叠，给朝西的绸布店做了遮阳篷。凤儿从绸布庄出来，挑了一把最大的纸阳伞，往卖伞的手里扔了一把小钱，一看就够买五把伞，同时打着那把大纸伞拐进一条偏街。

偏街上有几家中医诊所。凤儿走进街当中的那家。等她出来，是一个钟点之后了。太阳已经落到了山后。她刚刚从石头台阶上下来，就有一只手伸过来搀她。是张副官的手，戴着白色棉纱手套。

凤儿从手套看到他脸上。他的目光和她是错开的。

“五奶奶留神，这块石板滑。”

凤儿把手抽回，明告诉他她不领这份情。

“你表哥让你来盯梢的？”她问道，拿他消遣似的笑着。

张副官把另一只手上夹的烟头往地上一丢，马靴往上一捻。

他并不怕凤儿看见地上一模一样的烟头已经有五六个。

“嫂子，战事不断，旅长不放心……”

“早知道张副官在这儿听着，该让郎中大声吆喝，省得你听着费劲。”凤儿笑嘻嘻地说。

“嫂子，你可冤死人了……”

“谁是你嫂子！”她有点打情骂俏地一扭身。

两人一前一后，边说边走地出了偏街。大马路上，生意淡下来。茶摊子在拆阳棚，卖水煎包的在揉最后一团面。

“要是我表哥知道你身子骨不好……”

“张副官不是都听见郎中的话了？回去跟你表哥打个报告……”

“我不会告诉他的。”

凤儿站住了，转脸看着他。他狠狠地看了凤儿一眼，可以看出他是下了决心要看她这一眼的。之所以下决心，是他明白这样的“看”会看出事，至少他那边会出事。

可凤儿偏要看他，好像在说：我知道你打什么主意，不外乎所有男人对我打的那点主意。又像在说：你要敢你就上，弄顶绿帽子让你表哥戴戴。

“张副官，先走了，啊？”她转过身去，朝停在马路那头的骡车招招手。

“你的伞。”

“张副官替我拿回去吧？”凤儿乐弯了眼睛。

“叫我吉安吧。”

“嗯？”

张副官像是吃尽了她的苦头，惨笑一下，不再说什么了。

等凤儿回到家时，天已黄昏了。她走进后院，直接进了赵元庚的书房。旅长吃饭打盹都没有准时辰，这一刻正歪在木榻上养神。脚头的小凳上，坐着个十四五岁的小兵，正给他捏脚板。听见五奶奶进来，赵元庚睁一只眼，看看她，又闭上。小兵马上起身，立正，退出门去。

“回来啦？”

“敢不回来？”凤儿说，拖着鼻音，“派的人盯得那么紧。盯贼哪？”

“不盯紧我敢打盹吗？四奶奶出门，我要是也派六个人跟着她，她说不定还嫌我派得不够呢！”一边说着，他一撩腿起来，又长又透彻地伸了个大兽般的懒腰。

凤儿似乎听进去了，安静了一刻。

赵元庚迈着一高一低的步子，走到书桌前，坐下去，从身上的一大串钥匙里抖出一把，打开中间的抽屉。女人的话他爱回答就回答，不爱回答，他就由她们去说，爱说多少句说多少句，说到过了头，他一个耳掴子甩过去。

“你真派了六个人盯我一个人？”

他从拉开的抽屉里拿出个缎口袋，半尺见方。

“嫌多嫌少？”

“我咋没看见他们呀？”凤儿像是对自己的兴师动众的身份

死心眼地好奇。

“没看见，就对喽。以后出门，别打主意逃跑，街上卖麦芽糖的、磨剪子的、担剃头挑子的，没准都是我派出去盯你的。”他说笑话似的。

他把一颗枣儿大的珠子放在桌面上。凤儿快手快脚地一把抓起来，对着门外进来的光亮看着。

“喜欢不？”

“给我我就喜欢。”

“让首饰匠给你镶个项圈。”

凤儿眼睛打着钩往他抽屉里瞅。“让我看看，还有啥？”她一屁股坐到书桌上。

“乖乖告诉我，今儿干啥去了。说了里头的宝贝全是你的。”

“叫担剃头挑子的乖乖地告诉你呀。”她朝他抿嘴一笑。“张副官枪法好，你咋不派他扮个磨剪子的？”

“盯你还用吉安？那不是大材小用？”赵元庚根本不理会她对他抽屉的贪恋目光，用力一推，把它关上了，又上了锁，一面说着，“老听人说夜明珠，从来没见过。这东西夜里真发光哩。”

凤儿说:“哼，把我爹叫盗墓贼。”她又去端详那颗珠子。“你们把谁的墓给盗了？”

赵元庚把他嘬紧的嘴唇凑到她脸上：“这可是拿两门炮换的。”

“刚才我从客厅门口过，那八仙桌上新添的瓷器，我看了看，好东西。说，掘了谁家祖坟？”

“不愧是盗墓贼的闺女。”他在她腮上轻轻咬了一口，向门口走去。

凤儿在他身后说：“叫‘敲疙瘩’，不叫盗墓！”

等他刚跨出门，她就赶紧跑到脸盆架边上，撩起水搓洗那个带鸦片、人丹、韭菜味的嘴唇印。他听见了水的声音，满脊梁的得意：喜欢不喜欢我，由不得你，你还是我的；天下好东西都未必喜欢我，但只要我喜欢它们就行了，这由不得它们。

第二天下了场雨。这是大旱两年后头一场痛快雨。从黎明一直下到中午。下午地就干了，却很凉爽，像是秋天。

凤儿说四奶奶带着她两个女儿去马场骑马去了，她想去看看。赵元庚突然来了一阵快活，通知警卫兵去备他的坐骑，又叫上了张副官。

凤儿进门到现在，已经和其他几个奶奶混得很熟。赵元庚给她的进口衣料或者口岸城市舶来的其他稀罕小物什——铜粉盒、抽纱手绢，小暖手炉，她都会转送给她们，并让她们都觉得这份礼是出于她对她们独一份儿的情谊，是没有其他几个奶奶的份儿的。她们最初由于对她的妒忌而结成的同盟已经一点点被她这“独一份儿”的小恩小惠逐渐瓦解了。尤其是四个奶奶的女儿们都很喜欢凤儿，这个十九岁的小妈其实就是她们的玩伴，会熬糖稀给她们做小米糖、芝麻糖，还教她们用草叶子吹哨，吹出画眉和百灵的叫声。她们的五妈于是替她们自己的母亲当了保姆，让那四个奶奶安心凑成一桌麻将，玩小输小赢。四奶奶原本最嫉恨凤儿，因为凤儿把赵元庚对她那份宠爱热乎乎地就夺去了。但她的两个女儿离不开凤儿，因此她心里也对凤儿减了几分毒怨。

赵元庚带着张副官和凤儿来到马场。并不见四奶奶和两个女儿。他跳下马，凤儿尖叫起来，说他让她一个人骑在马背上是想活活摔死她。

“没事！这马可好骑了，比我手下哪个兵都听话！”赵元庚说。

凤儿吓得快哭出来，又不敢往马下跳。两手拉住缰绳，人却直往后仰，像是离马头越远越安全。

“坐直喽！”

“它咋老打转？！……”

张副官骑在自己的马背上，左左右右地跟着凤儿的马打转。

“别把缰绳往一边拽！两手放松，它就不转了！”

“不行，你抱我下来！”

赵元庚哈哈大笑：“还说要你做随征夫人跟我去湖北呢！”

不知怎的一来，凤儿的马突然窜跳起来，先抬前蹄，再尥后蹄。赵元庚一句呵斥刚出口，马已经把凤儿扔出去，老远地落在地上。

赵元庚这一下显出腿拙来，脚颠得忙乱至极，结果还是让张副官抢上前去，搀扶起凤儿。

“你把那六个人打发走，自己盯我，为啥？”凤儿趁张副官伏下身时小声问道。

“你要杀两个人哪？！”张副官趁着拉她起来时说。“这马从来不惊，欺生呢！”张副官大声对他的表哥说。

凤儿满身地拍打尘土，嘟嘟哝哝地说她再也不会上马了，她从小就怕牲口……

“马是惊艳！”赵元庚走到马跟前，在它屁股上拍了拍，又伸手捏了捏凤儿的脸蛋，哈哈大笑。

“还笑！没问问人家骨头摔碎几块！”凤儿说。

“我一喊这畜生就已经明白了。我一看就知道那不是硬摔，不碍的！”

张副官看看男的，又看看女的，摘下手套，手心黏湿。这下没事了，一男一女老夫少妻在逗着玩呢：赵元庚又抱起凤儿往马背上搁，凤儿踢腿打拳。

“怕骑马还行？我怎么带你去湖北？”

凤儿只是挣扎。赵元庚越发乐呵。他们乐得张副官都羞了，低下头，不行，还是觉得自己碍事，打算走开，却听到凤儿“呃”了一声。抬起头来，发现她的脸抽紧了，美色顿时消退，一阵丑陋飞快掠过；这丑陋是女人们为生育繁衍所付出的代价。凤儿是在用全部力气压住一阵怀胎的反胃。

赵元庚没留神到这个突然变丑的凤儿。

当天傍晚，张副官在大奶奶淡云的房里看见凤儿。她脸色暗黄，喘息不均，却端坐在那里看其他四个奶奶打牌。

李淡云吩咐张副官差事时，他见凤儿猛地一摇，把自己从浓重的瞌睡中摇醒。这个院子是各有各的昼夜，四个奶奶的白昼一直延续到五更，那时赵元庚的白昼已经开始。

李淡云站起身，拿过水烟袋，张副官的火柴已擦出一朵火苗来。

“五妹子替我打一圈吧。”李淡云说。

“不会呀！”

“不会才赢钱呢。赢了全是你的，输了我出。”淡云说。

“五妹的翠耳坠是刚得的？”二奶奶问道。她失宠多年了，反倒有种享清福之人的自在，语气也不酸。

“那还用说，”三奶奶看看凤儿。她一个晚上都想说这副耳坠子，终于有人替她说了。“看着就是好东西。”

“眼皮子这么浅！”四奶奶说。“好东西关你啥事？”

二奶奶说：“你们不都有那一年半年日子尽收到好东西？一年半载一过，他的新鲜劲头过去了，你就没好东西了。五妹子，趁他现在肯摘星星月亮给你，叫他摘去。过了这村可没这店。”

“没准五妹妹不同呢！”三奶奶说。

“不同也就是三年两载。我话撂这儿了。只要天下的妈还能生出五妹子这样的俊闺女，他的新鲜劲头就会往外跑。他不是也往咱们身上堆过金、银、珠、翠？”

“怪不得他整天派半个跟班跟着五妹妹。”

“那是跟着首饰。”三奶奶说。

“对了，都说这回去湖北打仗，要带上五妹妹。”

“那他可得两头忙；白天冲锋撤退，晚上还得在床上冲锋，让五妹妹生儿子！”四奶奶说。

“他在窑子里学的那些把戏，翻腾起来能玩大半夜。还得让你叫唤呢！”三奶奶说，“五妹妹，他在床上打冲锋，你给他吹号算了！……”

几个女人就笑啊笑，一面你拍我一巴掌，一面我踢你一脚。

李淡云看一眼局促的张副官，抿嘴一笑：“咱这儿还有个童男子呢！”

三奶奶不理会大奶奶，问凤儿：“他把你累坏了没有？”

四奶奶说：“开封人不叫累坏了，叫使坏了。使死了！使坏了！是不是，五妹妹？”

三奶奶又说：“那可真叫使坏了——我过门的头一个礼拜，早上起来都疼得够呛，走不了道！”

“四妹，掌她嘴！”李淡云说，咯咯地乐着，看看张副官，又看看凤儿。

“那能不疼？就是十斤大蒜，那么捣一夜，也捣得渣都没了。”凤儿说道。

所有人都没料到她口那么粗，说起来样子嘎头嘎脑，全然不懂这是见不得第三个人的话。大家愣了一会儿，全仰脸俯脸地大笑起来。张副官向李淡云一低头，转身走了出去。

三奶奶指着张副官离去的方向，一个劲儿地想说什么，又笑得说不出来。

凤儿站起来，说尿都快笑出来了，这一刻非得去上一趟茅房。

走在廊沿上的凤儿再也憋不住了。她蹲下身，让喉咙松开。一股酸苦的水涌上来，直泄到廊沿下的凤仙花上。又呕了几下，仍没呕出太多东西，但是一点力气也没了。刚刚站起，她一惊，发现身后有个人。

“这样瞒下去不是事。”张副官用呼吸说道。“肚子很快会大起来的。”

凤儿不说话。看着耳房的灯光投在地上的雕花窗格。

“坠胎的事，想都别想。要出人命的。”

“死了活该。”

“命是你自己的。”

“那也活该。”

“五奶奶……”

“你等啥呢？还不去告密？！”

“五奶奶，你别拿我当赵元庚那样的人。”

“那你是哪样的人？”

张副官不说话了。

“我连他都不要，会要他的副官？”凤儿狠狠地说，把“副官”

二字咬得极其轻贱，你可以听成“太监”，或者“跟包”。

“五奶奶，你为啥要弄死肚里这孩子？”张副官口气强硬了。

凤儿不说话。

“要说防范人，我表哥有一万个心眼子。你算不过他的。”

凤儿突然转过脸，从那窗子透出的灯光在她的鼻梁上切了一刀，她的半个脸很是尖峭。谁都得承认这是个不多见的漂亮女子，漂亮到祸害的地步。

说完他又轻又快地走去，马靴底子都没踏出多大声响。大奶奶淡云从门口伸出头来叫道：“五妹子，等你呢！”

凤儿快步走回去。张副官在远处听她笑着说，晚饭喝了太多粉丝排骨汤。

这天凤儿跟赵元庚说她想找个照相师来给她照相。县城里有两家照相馆，一听有这桩好生意都扛着三角架相机来了。

凤儿要照一张骑马的相片，两个照相师又扛着他们的家伙顶着下午的太阳跟到马场。赵元庚把她托上马背，自己替她牵着缰绳。马似乎乖巧安泰，两个照相师各自架上三角架和相机，在遮光的后布帘子里钻进钻出，汗水把他们的裤子褂子粘在皮肉上。

“五奶奶朝这边转一点身！……”

“五奶奶，身子板挺直……”

凤儿就是不敢挺直身体。赵元庚在勤务兵举着的一顶太阳伞下面不时指点她的姿势，然后把马缰交到她手上。

“你给我拉住它！”凤儿不肯接缰绳。

“那照下相片来不闹笑话吗？你骑马还得人家给你拉缰绳？”赵元庚笑道。他这时像是个老父亲对待自己惯得没样的闺女。他又告诉凤儿，这是他的一匹老马，立过战功，认识路也认识人，出了门走多远，想回来就跟它说一声“回家”，它都能把你驮回来。家里的人它见过两回就认识了，这回肯定不会再尥蹄子。

“我还是怕！……”

“上回它是欺你生,这回它认识你了。你瞧它这会儿多老实。”

“它装老实！一会儿就得尥我！”

“它敢，咱今晚就炖了它！”他把缰绳递给她。

凤儿终于战战兢兢接过缰绳。照相师们从遮光布里拱出来，叫凤儿挺胸抬头，摆出笑脸……他们叫喊着：“好——一、二……”

马再次胡闹起来，又蹬又踢，咴咴嘶鸣，朝马场的木栅栏冲去，凤儿吓得失声惨叫。

赵元庚的脸一下子长了，下嘴唇挂下来——这是他在大省悟之前的脸。

马就要撞到栅栏上了，但马背上的女骑手一夹腿、一纵缰，马蹄腾空而起，从栅栏上越过去。跟着赵元庚来的一个警卫班都欢呼起来，为五奶奶无师自通的马术。

赵元庚抽出枪，朝那个直到现在才把自己精湛的马术跟他们露一手的女骑手开了一枪。

张副官这时气喘吁吁地赶到，一下撩起他表哥的胳膊。

“哥，她肚里有你的孩子！”

赵元庚的脸更长了，像一匹老而病的马，唇间露出抽了大半生烟的牙口。他比失了一块阵地还哀伤。

就在他不知拿那个越跑越小的女子身影如何置办时，一个班的警卫兵全开起枪来。只是太晚了，马已跑进一片柳树林。

所有的搜索追捕计划都布置妥当之后，赵元庚把张副官叫到自己书房。大奶奶李淡云站在丈夫后面，不紧不慢地替丈夫打扇子。

“你是怎么知道她有身孕的，吉安？”淡云问道。

张副官明白，他表哥让大奶奶来问这句话，就少了一层审他的意思。

“我也是才知道。”

李淡云和赵元庚都不说话。意思很明白：你才答了一半啊。

“五奶奶每回出门，都去看一个郎中。这我是刚刚查出来的。我到城东一家中药铺把那郎中的药方翻出来了。”

“是保胎药？”淡云问。

“堕胎药。”张副官说。“上次从马上摔下来，是她存心的。”

“厨房没人煎过药哇。”淡云说。

“药当然不会在厨房煎。是二厨带回家给她煎的。”

不一会儿几个兵就推搡着二厨来到后院。他一抬头看见站在廊沿上的旅长，魂魄立刻从眼睛散出去。张副官语气平淡地开了口。

“五奶奶让你给他煎过几服药？别怕，煎药你怕啥呢？”

二厨看看旅长。这时赵元庚双手拄在拐杖上，拐杖支在两个一高一低的脚中间，瘸也瘸得很有样子。

“你见她把药全喝下去了？”

“啊。我还寻思她咋不嫌苦……”

“是送到她房里去喝的？”

“没有。她自己跑到厨房来的。我在家把一罐子药装在一个粥钵子里……”

“是她让你装的？”

“不是，是我自己……”

“挺聪明。”

“瞧副官说的……”

“那你没问问五奶奶，吃药干吗背着人？”李淡云说。

“这是咱该问的话吗？您说是不是，大奶奶？”

“就是说，只要五奶奶给钱，你啥都不问。”李淡云说。“五奶奶给的钱比我给的工钱多多了，所以你就背着我给她当差。”

“天地良心，我可一分钱没跟五奶奶要！”

“那你跟她要什么了？”李淡云问：“你得图点什么吧？那她给了你啥？给的那东西比钱还好？”

二厨一下子跪在地上："真是啥也没、也没跟她要……"

枪响了。李淡云和张副官看着跪在那儿的二厨瞪大了眼，也在纳闷儿哪来的枪声。眨眼工夫，他向斜后方一歪，倒了下去。

赵元庚提着他的手枪站在原地，胸脯一上一下，像在生闷气。

贰

凤儿大名叫徐凤志，是小学校的柳先生给起的名。小学校在镇子的东口，凤儿家住的陆家坡村在镇子西边。她十六岁时，家里来了个男孩子，穿着城里学生的学生装，还没长宽的前胸上尽是口袋。男孩子姓柳，叫天赐，到陆家坡挨家动员女孩子们去上学。这一带虽然贫瘠，但离洛阳不太远，又通火车，常常有稀奇古怪的新点子传过来。不过也只是些城里人读了书、吃饱了饭想出的点子，在这一带马上就变成了馊点子。所有人都对姓柳的男孩子说：“我让闺女上学去，谁给我推磨、抱孩子呢？”

他一家家碰壁，最后来到了凤儿家。凤儿一个人在家纺花，坐在门口的太阳里，跟来来往往赶集、下地的人们说话解闷儿。就是过往的村邻们把姓柳的男孩子如何碰壁的事告诉凤儿的。所以在姓柳的男孩子出现之前，凤儿心里已经对他有几分可怜。

“哎，徐凤志。”他走过来就直呼大名。

“你咋知道我大名的？”凤儿看着他，心里对他的可怜马上没了——人家一点不稀罕你的可怜。

“我爸给你取的名，我咋不知道？”他说。

这个细眉细眼、自带三分笑的男孩子就是小学校柳先生的孩子。他和凤儿同年生的，比凤儿大几个月。凤儿对自己的大名新鲜极了；这大名就像一件学生装，马上把她穿扮成了另一个人。

“你咋不上学？”他问。

“我这么笨，你要咱吗？”她笑嘻嘻地说。

刹那两人都为这“你要咱吗”红了脸。他们马上意识它在一对小儿女之间意义重大。凤儿的美貌就像这地方的钧瓷、牡丹、古董一样出名，但知道她家底细的好人家都不愿自己儿子娶她，因为谁都知道她爸靠洛阳铲过活，搂的尸首比搂的活人多多了。“四大缺德”排列为:“打残废人,踹寡妇门,操月子人,挖绝户坟。”凤儿爸徐孝甫干的，是最后这一项:那些古墓早就断了后人照应，自然都是“绝户坟”。不愿上徐家说亲还有一桩顾虑，就是徐家是从开封搬过来的，凤儿妈不是个纯种中国人，混杂了犹太人的血脉，所以凤儿算小半个杂种。

“来咱学校上学的，有比你岁数还大的。”

“我都老了！”凤儿说。

“你再不学更老了。”

她心里想，他可是老实，也不说："你老啥呀？正当年华！"她说的"老"有另一层意思，跟"你要咱吗"是连一块儿的。他却想躲开那层意思，真往"老"上说。

"那我可真来上学了？"

"早上三节课，晌午饭之后，三节课。饭是各家自个儿带，也轮流给先生们带饭。"他急急匆匆地说。"一共俩先生……"

"俩先生都缺钱花呀？"

柳天赐给凤儿不沾边的话弄得愣住了。

"要不咋挨门挨户让闺女们上学呢？"

柳天赐脸红了，生了大气，转身便走。在不远处他停下来，告诉凤儿他爹可是一分学费不收，就靠县政府那点津贴。凤儿第二天去上学了，完全是为了柳天赐那一天的串门走户不至于完全白搭。她是班里年岁最大的，却得装得目不识丁，把小时读的三年私塾学的文字瞒住。她到学校更重要的一桩事是让柳天赐吃上她做的饭食，因此她天天晚上花很大工夫蒸干粮；蒸的不只是干粮，是手工玩意儿：肚里带豆馅儿的山羊、兔子、鲤鱼。

她知道柳天赐喜欢她。凤儿从很小就知道男人都喜欢她。八岁时一个远房舅舅带她出去玩，坐在带篷的骡车上，把她面朝自己搁在腿上，就那么脸对脸瞪着她，瞪了好大一会儿。便把嘴挤在她嘴上，差点把她憋死。凤儿从那时就明白：男人们对她的喜欢有时是很可怕的。

柳天赐对她的喜欢当然是一汪清水。她有时觉得这汪清水实在太清了，想撩撩它、戏戏它，把它搅和得稍微浑一点。

这一天她拿出一双新袜垫，往天赐面前一搁，问他："你要吗？"

她眼睛明明问的不是袜垫。

那年她十七岁。天赐把袜垫接过去，脸红得成了雄鸡冠子。

过了几天，天赐的父母就请媒人到徐家来了。柳家是读书人，穷，天赐妈想找个凤儿这样的巧媳妇，里头外头都指望她去忙。有的女人再忙也忙不出名堂，就像天赐妈，这点她自己完全承认，所以觉得能忙得像凤儿这样头头是道，花也纺了，地也种了，实在是喜欢人，就不在乎徐孝甫的名声了。定了婚期之后，徐孝甫的花样来了，提出推延婚期。他说柳家的房太窄太旧，女儿嫁过去太受委屈，至少也得再盖两间房给一对新人住，他不在乎倒贴一点钱。徐孝甫没有儿子，就凤儿和一个远嫁的姐姐凤品，他是把凤儿当儿子养的，所以婚事不能太凑合。

柳家答应了徐孝甫。把婚事推到了第二年秋天。

而开了春的一天，徐孝甫带着凤儿乘了两站路火车，又赶了十多里旱路，说是要见一个老家开封来的乡亲。走过一片杂树林子，父亲说他得歇歇脚，点上一堆火，用随身带的洋铁小罐烧了些水，把干粮泡泡当午饭吃。徐孝甫有心疼病，什么都得热着吃、烂乎着吃，凤儿便忙着四处跑，去拾干了的枯枝，又去远处的小河沟里打水。等她回来，林子里不止是徐孝甫一个人，还有一个山西口音的汉子，他说自己是盐贩子，去镇上盐号收账把路给走迷失了。凤儿一眼看出这人不是生意人，不圆滑，也不活络。她心想父亲又要背着她掘谁家祖坟了。

饭后三人一块儿走路。盐贩子在镇口和他们分了手。徐孝甫一下子看定女儿。

“凤儿，刚才那货不是贩盐的。”

“知道。您老会跟盐贩子那么本分的人来往吗？”

“那你看他像干啥的？”

“打手。”她知道那货还在不远处盯着她和父亲。

“没差多少。”父亲说。

“你赖人钱了？”女儿说。

“这回不是。是前些天和你陆叔他们敲疙瘩……”

“您不是不敲了吗？你咋答应我妈的？我妈临死让你起誓……”凤儿说一句，步子往外迈一点，像是要挣脱这道血脉关系。父亲爱孩子的母亲、爱凤儿、爱凤儿的姐姐，也爱好吃的好喝的。他最爱的就是看着女儿们和老婆跟他一块儿享受好吃的好喝的。他其实是个见什么爱什么的人，见了可爱的小猫小狗会爱得舍不得走开，见了头好牲口也会在周围欣赏半天，比买主和卖主都热情。所以凤儿虽不是个阔人家的千金，但想要的父亲多半都给她买来。凤儿却不知应该想要点什么。人家说镇上谁谁的闺女穿了双花样时新的皮鞋，凤儿会在心里说：“要我就省省。”本来人家不去看她的麻脸，皮鞋“嘎噔、嘎噔”来了，都先把她脸上的“花样”看了，再看她脚上的花样。凤儿一想到父亲有可能把他那贼性传给自己，就对父亲所有的亲热马上结了冰。

“这不是想给你多置办点嫁妆吗？”徐孝甫朝女儿一步一步又靠过去，就怕父女纽带给挣断了似的。

“我可不稀罕！”

“那也不能比你姐的嫁妆少……”

“咱回吧。”女儿拉住父亲，“你这就跟我回！”

“回不了啦！闯大祸了。你还想有个爸不想？……你不帮帮你爸，这就要没爸了！”

父亲和女儿两个人在熙攘的集市上走得分分合合，父亲一张青黄打皱的脸上全是对女儿的孝敬。

“就是那晚上和你陆叔敲疙瘩，撞了鬼，叫人逮着了……”父亲说。

徐孝甫把前后向凤儿说了：他中了埋伏。中了丘八的埋伏。某个丘八大官暗中盯上了他。螳螂捕蝉，黄雀在后。

“你爸的脑袋没让他们敲了疙瘩，全仰仗你爸这点手艺……”

逮徐孝甫的人要他答应去敲一个疙瘩，不然就让他在牢里住下去。凤儿明白父亲带她出来的目的原来在于此。听姐姐凤品说过，凤儿六岁就是父亲盗墓的帮手，只是凤儿自己不知道。六岁时她站在田间一个小丘上，突然头晕目眩，身体化成水似的软，动弹不了。父亲见她小脸青了，赶紧踩着满地红薯秧跑过去，她却已经昏死过去。抱住她很久，她才有了阳气。问她怎么了，她说好像给陷进去，直往下落，下头黑漆漆的，没个底。徐孝甫在凤儿待过的地方琢磨了半天，到了晚上他想明白了。他听老人说过，阴气最重的人一站上坟头就接上了墓道的阴气，就会发癔症。墓越古，癔症发得越厉害。姐姐凤品告诉妹妹，父亲就从她站着头晕的地方下了洛阳铲，挖出了个汉代古墓，可惜给盗过了。从此父亲相信凤儿是个带三分鬼气的闺女。姐姐凤品一跟妹妹争吵，就说凤儿的姿色七分是人间的，三分属阴间的。比凤儿年长五岁的凤品对妹妹从小占据父亲不近情理的偏爱心受伤害，但凤儿很明智，她知道父亲对她偏心眼是因为她无意中做了他的法宝；他把她看成了个小合伙人，尽管他一厢情愿。

“您是要我给您再昏死一回？”凤儿笑眯眯地逗父亲玩。

“你不愿意你爸蹲大狱吧？那是个旅长，说我在他地盘上盗墓！他有枪有炮有马有车，他枪炮打哪儿地盘就圈到哪儿！”

“您住大狱我天天烙油馍给您送去。”她还在逗他。

“凤儿，小姑奶奶，爸才求过你几回？拿得准的事，爸啥时劳你姑奶奶的驾？”

父女俩在镇上找了个店住下来，佯装出去各村跑着收购桐油籽。两人知道那个跟踪的人就在不远处，所以话也不多说。徐孝甫按他预先算好的地脉、水脉、石脉，再来看山坡态势。夫人生前多病，卧的时间比坐的时间多，一张美人榻上她消磨了最后几年。大凡造墓，最好的地势是坐北朝南的罗圈椅地势。徐孝甫看了一阵，发现山梁在山凹后面，隐隐约约是个美人榻。他把方位框定下来，然后开始细细察看树群。凤儿突然发现自己对父亲正做的事深深着迷。父亲不是个简单的贼；他每掘一座墓都要先做足学问。他会一卷一卷地读书，一点一点寻访地方人物志，只要不超过五百年的墓，墓中尸骨生前的大致生活习性他都能推演出来。他告诉凤儿，他要找的这堆尸骨生前常思念江南的家乡，弹琴总弹采桑小调。又是命中缺水的人，从她字里一个淼可以看出来。

“是个娘娘？”凤儿问。

“二品巡抚夫人。”父亲回答。

“啥时葬的？”

“明朝宣德五年。”

凤儿有些懂父亲的门道了。一个受宠至极的夭折的巡抚夫人会葬在能看见或听见河水的地方。在她的墓前墓后会栽几棵江南的桑树。最后一代守墓人也是忠实主人的，他们在断了饷银几年之后，在一个大荒年离开了墓园。

应该是墓穴的地方没有任何植过桑树的痕迹。但此处的南边确实有条河，夏天水大时，水声这里也听得见。

父女俩转悠了两天，徐孝甫不时停下来，看看女儿，凤儿的脸色好好的，不是和阴间接上气息的样子。

“别看了，我头不晕。”凤儿揶揄地说。

又找了一天，那个盯梢的人都腻味了，从暗处跑出来，也不再装扮盐贩子，肚皮上掖的两把盒子炮都露了出来。这回是他说：“回吧？”他虽然是在问父女俩，样子是没商量的。他可是要急着交差了。

回到陆家坡村，徐孝甫还是自己和自己过不去，隔一会儿就问一句："会是我估算错了？"

"拉上我也没用，您老还得在大狱住下，还得我送油馍。"凤儿说。

"我估摸的事，十有八九错不了……"

"爸，你说盗墓是不是也和抽大烟似的？有瘾？"凤儿这时并不是在拿父亲取乐，她发现自己和父亲在下洛阳铲启出土的时候，心在腔膛里跳得锣鼓喧天。她尝过各种喜悦，但这种掺和着惊悸、恐惧、未卜的喜悦，更合她的口味。难怪人说偷东西的人和偷情的人都不是只图偷到了什么；只要去偷，就有乐子了。

第二天听说柳天赐中了壮丁签。刚刚做了教师的天赐按说是免役的。凤儿把父亲为她准备的嫁妆钱全拿了出来，准备托保长去行贿。保长是个和善窝囊的老头，跟凤儿说，假如她的那点大洋就够打点，事情就简单了。他暗示柳天赐不知碍了谁的事——碍了一个大老总的事，这才要破例拿他去充军。

柳天赐要随军队开拔的头天黄昏，凤儿见到了他。

"咱跑吧。"她说。凤儿可以非常野。

"我爸妈不就落他们手里了？"天赐说。

"全跑！"她看着天赐的眼睛能把墙都瞪出洞来。

"小学校能跑？"

凤儿知道天赐父亲一生的心血都在那个新式学堂里。

“那我跟你开拔，你在哪儿扎营，我在哪歇脚……”

“胡扯！还不把你当个探子毙了？”

“天赐哥！”凤儿突然拉住他的手，“反正总有子弹追着你。你不跑，子弹迎面来，你跑，子弹从背后来。为我，你瞅个冷子就跑，啊？”

天赐答应了她。

天赐走后的第二天下午，凤儿从染坊取了布回来，见家门口停着一辆四骡大车。一跨进门，堂屋母亲的画像下面，搁了一长溜绸布匹、干鲜果、首饰匣。凤儿愣住了。这时她才看见八仙桌一侧坐着的一个穿戴豪华的胖女子，另一边坐着徐孝甫。

“凤儿，这是张大娘。”父亲对女儿说。

凤儿心想，这个肥肥的张大娘看自己的眼神怎么有点邪性？跟个二流子差不多。

“她是谁的大娘？”凤儿的嘴可以很利。

“难怪赵旅长见了凤姑娘就茶饭不思……”张大娘装着对凤儿的“童言无忌”挺欣赏。“你瞧这鼻子是鼻子，眼睛是眼睛，长绝了！人说一个脸啥都能长得凑合，可鼻子是正梁！……”

“用你说！我可是明白自己有多俊！”凤儿更强硬地顶了张大娘一句。准备把染好的布往自己房里拿。

凤儿更明白的是，所有人都暗地说她美貌的坏话；说那样的冷艳有点古灵精怪，眼睛黑里透蓝能有什么好事？……

“这闺女！”张大娘打哈哈地说。

“别走，凤儿！”徐孝甫叫道。“张大娘是来下聘礼的……”

“下啥？！”凤儿马上觉得预感轰轰地在脑子里响起来。

“赵元庚旅长看上你啦！看看你这福气闺女哟！……”张大娘说。

原来这胖胖的女二流子是个媒婆，那一溜匣子布匹是聘礼。

“走错门了吧您？！”凤儿说。“知道太阳打东边出不知道？东南西北都弄错了！这家没有闲着的闺女了！”

“赵旅长知道你那个姓柳的孩子充了军了……”

那个老保长的话应验了。姓赵的大老总为了她凤儿把天赐拿去挡炮弹了。天赐这下子不只是迎面冒弹雨；他后面、侧面都有子弹伺机朝他发射。赵元庚，赵元庚，她怎么惹他了？！他先算计父亲，再坑害天赐。他要是拿定主意让柳天赐去送死，柳天赐是九死一生。

凤儿把聘礼一件件提溜到大门外。张大娘跟前跟后，陪着她进门出门，嘴不停地劝她别犯糊涂：皇上要哪个女人，漫说要你荣华富贵做娘娘，就是要你陪他去死你也没啥挑拣。赵元庚就是这方圆五百里的赵皇上……

徐孝甫蹲在屋檐下看女儿耍脾气。

凤儿把所有的聘礼清出去，转身跨进大门，把门很响地一闩，隔着一个院落和被她刚才弄惊了的鸡看着父亲。父亲可怜巴巴地笑了一下。这一笑让她的气全消了。父亲再不让她敬重毕竟还是她的父亲。她得在一夜之间想出个万全的点子来。

第二天一早，凤儿还没醒，就听见谁家迎亲的响器班子吹打起来了。再听听，响器就在自己家大门外吹打。她从床上翻滚下来，披着褂子走出门，见父亲正和几个穿崭新黑马褂的人说着什么。

“爸！……”

几个一身簇新的汉子马上转过身，跟她一打千：“五奶奶。”

凤儿又一转身，回到房里，把门紧紧闩上。

徐孝甫走到她窗子下面，跟她说事情全弄岔了。媒婆张大娘昨天回去跟赵元庚说了凤儿和他的生辰八字如何般配，赵旅长连夜雇了花轿和响器班子，几十里地赶来的。

凤儿开始还在里面叫喊，言语要多野有多野。等村里人渐渐开始走动，拾粪的、赶集的出现在大路、小路上，凤儿便打开她屋子的后窗，对窗外大声喊救命。

不久人们把徐家围住了，都不靠近，相互嘀咕：“恁好的命，用咱救吗？”他们原本觉得凤儿能和小学校先生的儿子定亲，已经便宜徐孝甫了，现在居然要去做赵旅长的五奶奶！她上辈子不知积了多少厚德，没让她爸给她散尽，才有这么美的一桩姻缘。谁也没见过这个姓赵的旅长，但都知道他的官阶多大。这些年仗打不完，多好的地都会给当成战场，多好的庄稼都会给火烧了、给马踏了、给冲锋撤退的队伍踩了，百姓散失的钱财都聚敛到打仗的人手里，凤儿能嫁个统率千军万马靠打仗发财的一方诸侯，她还闹啥呢？这地方的人没见过活的诸侯，但这是一方埋了许多死诸侯的土地，光是挖挖他们的墓，也够徐孝甫这类不老实种地的人吃了。赵旅长可是个活诸侯，凤儿嫁了他，她爹也用不着去指着死诸侯们吃饭了。

因此人们抄着手，用羡慕的眼光看那些穿轿夫衣裳的士兵们把徐家包围起来。

凤儿喊一会儿便发现自己的无助了。她怎样催自己，自己也拿不出一个像样的主意。

屋外的人被凤儿屋里突然出现的安静吓着了。他们揪着徐孝甫的衣服前襟，把他提溜到门前，叫他把门踢开。谁都怕花轿抬回去一个死新娘会吃军棍。

徐孝甫也被里面一声不出的女儿吓着了。哄一声骂一声地撞着凤儿的房门。士兵们又把徐孝甫拨拉到一边，用顶院门的木杠杵起来。他们攻城都攻过，火攻、水攻都拿手，在乎这一扇绣房的门？

门开的时候凤儿坐在床沿上，还是一个主意也没有。几个伪装成轿夫的士兵上来，先绑了她的手，由一个梳头婆给她篦头发、上刨花油，再由另一个婆子给她用丝线开脸。凤儿一动不动，因为没主意的时候动是白动，跟挨刀的鸡、羊、兔一样傻头傻脑地徒劳蹬腿。凤儿要做的是赶紧给自己拿个主意。拿主意她不能分心，得血冷心静。

她一直到轿子快把她抬进城才拿定主意。在梳头婆打开梳头匣，拿出一根七寸长的凤头簪子时，她心里就闪过一道光："好东西！”她在轿子里从所有主意中挑出最干净、最省事的一个，突然明白自己为什么把那簪子看成“好东西”了。

她两手被绳子绑住，费了不少劲才把那簪子从头上拔下来，戳进腕子上那根凸突的血脉。她心里想，看看这位有钱有势的赵皇上怎样葬我吧。

凤儿把马骑进了白茫茫一片的芦苇。芦苇都干死了，叶子干得发脆，风一吹，响得跟纸一样。河干涸了一年多，凤儿这时是在发白的芦苇尸骨里跑。灰色的芦花耷拉在梢头，成了一望无际的狼尾。

这是匹识途的马，跟了赵元庚五六年。只要她跳下马，放它回去，它会原路回到它主人身边。它会不会再带着赵元庚按她逃生的路找回来，她就不知道了。赵元庚把它说得那么神，它说不定会干狗的差事。她围绕着马走了一圈，马的脸跟着她打转，似乎觉得她居心叵测。她停下来，脸转开，马也安静了一点。其实她不想让它看出来自己还在打它的主意。她在想，这匹黑鬃白鼻的骏马万一要干了狗的勾当把赵元庚带回来呢？……她慢慢转身，伸出手，轻轻摸着马的长鬃。黑马长着美人眼睛，温驯的没出息的美人。它吃了多少苦头才知道人的厉害？知道它一身力气也斗不过像她这样一个女子？它的耳朵一抖，尾巴根也松了下来。它开始撕吃地上的枯草。

凤儿从河滩搬了块梭子形的卵石，往马的脑袋上一砸。一匹如此的骏马也这么不经砸。

凤儿拍了拍手上的泥沙。她没料到自己这么心狠手辣。

她知道父亲那里是不能去的。这一会儿赵元庚的兵已经把父亲看起来了，明的也好，暗的也好。那就去小学校看看柳天赐的爸妈。

集市散了的街上很安静。几个孩子在抢赶集拉车来的牲口屙下的粪。凤儿一走进镇子就叫住一个孩子，让他给她跑趟腿，把小学校的柳先生请到镇子外的魏记茶铺。孩子不多久就跑回来了，告诉凤儿小学校窑院里来了很多兵，柳先生正在招呼着他们。他们是要搜查啥逃犯。

凤儿费心打的算盘又给拨拉乱了。她不能和柳家老夫妇告别了。对于她自己的逃跑给柳家带来的祸害，她也没有料到。从古到今，女人生个漂亮样儿就是上天用来祸害惩治人的。惩治了天赐那样满心清白的人，也惩治了赵元庚这样杀人不眨眼的人。可惩治柳先生这个自带三分痨，与人为善了大半生的文弱秀才，实在太不公道。凤儿想着，又野起来，这时她手边要有现成的硝浆，她就会把自己的脸泼了：让你们为它不得安生！

凤儿避开大路小路，专走没路的路。到了第四天，她从偶尔遇到的人口音中断定，自己已接近湖北地界。每到一地，她总是从小叫花子里雇两三个探子，让他们探出谁和谁在开仗。小叫花子们从留在后方的伤兵嘴里，探听到柳天赐当壮丁的那个队伍已开到鄂中了。

但愿天赐命大，这时还活着，凤儿心里想着。已经圆起来的小肚子让她想见天赐又怕见他。带着赵元庚的种去见天赐，她不知自己算个什么东西。

肚里这条小性命竟然也跟他父亲一样，一条又硬又赖的命，想杀它太难了。那么多枪子都没杀了赵元庚，几帖堕胎烈药只让这小东西在她肚里飞快长大，一天一个尺寸。

她的身孕五个多月的时候，凤儿到了鄂中。还有四个月赵家唯一的子嗣就要出世。凤儿只等着这一天。她一想到能亲手杀死赵元庚的独生子，心里就一阵恶狠狠的痛快：让你个小孽障揪着我的心肝五脏揪那么紧，多毒的药都打不下你；让你吸我的血、呷我的膏，一天天在我肚子里肥壮；让你揪住我的肠子翻跟斗打把式！到了那一天，你哭号都没用，杀了你再把你搁在赵家大门口，让姓赵的捶胸顿足去，让他把他的绝户一做到底，蹬腿后让人掘他的坟，抖落他的尸骨，拿他金丝楠木棺材当柴劈……

这时凤儿发现自己坐在了一根条凳上，面对一张油污的方桌。桌面上两个豁口的粗碗里还有一口面汤，里面有几节断面条，漂着一星绿葱花。她跟馄饨铺的老板要了两碗馄饨。但她急不可待，想端起前面客人吃剩的碗，把面汤先喝下去。

她穿着厚厚的棉袍，头上一块黑头巾蒙到眉毛，上半个脸都罩在影子里。谁都不朝她看一眼：一个上了岁数的婆子从外省来串亲戚，有什么好看的呢？凤儿躲在这伪装里比躲在带锁的屋里还安全。

馄饨煮好了。跑堂的刚把碗搁到凤儿面前，凤儿就把那只粗瓷勺子伸了进去。说是馄饨，其实就是一碗带肉腥气的面片汤。不一会儿凤儿的勺子把该打捞的都打捞了。

“再来一碗，”她对老板说。“再加一个包子，两个茶鸡蛋。”她指指那一屉早上蒸的、此刻已风干的包子和古董似的布满酱色裂纹的鸡蛋说道。

老板接过她又添的一枚铜板。

周围几个桌上坐着缠绷带的伤兵和买卖人，全被凤儿的声音惊着了，扭头看着她这个“大肚汉”，又相互使眼色，传递着或惊讶或鄙夷的笑容。

老板欠欠身子说：“大娘，那还得再添一个铜子。”

凤儿正端着大碗“呼呼”地喝馄饨汤，立刻说：“那就不要茶鸡蛋了。”

“钱还是差一点……”老板说。

“把包子也去掉吧。”

店里的伤兵们心想：怪了，这“大娘”的声音可不像大娘。他们又听“大娘”对老板说：“包子换成白蒸馍。”

“我们这里不卖白蒸馍！”老板尽量将就她的外地说法，向她解释。

“你这儿还有啥？”

“包子、卤菜、馄饨……不行再多吃一碗馄饨？”老板满脸歉意地说。

“你这也叫馄饨？”她指着他的大锅说。“就是汤水！本来肚里的存货，让它一冲刷都冲刷干净了。”

铺里又是蒸汽又是烟气，昏暗中人们只看见她那只手白生生的，都觉得这地方不该出现这么俏丽白嫩的手，出现在一个上岁数的婆子身上，就更没来由了。

几个伤兵蹊跷得不行，问她道：“大娘从河南来？”

“嗯。”她说。

油灯在她脸上一晃。她一双眼大得可怕，亮得吓人。那是冷冷的眼睛，半点客气也没有，不想请你和它们对视。

“听出来了？”她反问。

“俺们连里有河南兵。”一个伤兵学她的河南口音回答。

她想问问他们可是赵元庚的部下，话到嘴边又咽回去了。

“大娘您一人跑这么老远？”另一个伤兵说。

“谁说我一人？我来看我儿子。”

“您儿子来这儿学生意？”伤兵盘问得紧了，眼睛盯着更紧：那白嫩的手和明澈的大眼怎么都和一个上岁数的大娘挨不上。

“学啥生意？他也是当兵的。”她一句话脱口而出，心悬了起来，不知自己是不是引火烧身了。

“他叫什么名字？”一个伤兵打听。

“是哪个部队的？”另一个伤兵插嘴。

凤儿站起身。怕再耽下去自己要露馅。“俺一个农村婆，会记得啥部队。带信让俺来，俺就来了。”

她走到老板的大锅前伸出一只巴掌。老板把那个铜子往她平整光洁的手掌心里一搁，眼睛往她眉头上的黑头巾里搜索。

假如她多吃一碗馄饨就糟了。只需一碗馄饨的工夫，人们就会发现她不是大娘而是小娘儿——是有双闻名的深蓝眼睛、赵旅长悬赏捉拿了五个月的小娘儿。

镇上的一个客栈出现了一个穿厚棉袍子，戴黑头巾的外乡女人。棉袍子又厚又肥，把她给穿蠢了。她住下的第二天，就从客栈老板那里接下了洗浆被褥，代客补衣的活儿，步子蠢蠢地在客栈里忙着。客栈供她住宿，不给工钱。这天中午，客栈的老门房坐在大门口抽水烟，晒太阳，抽着晒着就睡着了。三个小叫花子跑到客栈门口，正想从老门房伸出去挡住门的腿上迈过去，老门房那根拐杖已经夯上来。双方尽管老的老小的小，却都手脚快当，谁也没占上便宜。

“客人昨天丢的手表是你们偷的吧？！”老门房先发制人地诡诈。

小叫花子们跑成东、南、西三个方向，一边朝客栈里面叫喊：“柳大妈！柳大妈！……”

老门房装着要追击，在原地重重地跺脚，一边喊：“老总！偷你手表的贼要跑了！快开枪啊！……”

小叫花子这回不知真假，飞一样跑远了。

凤儿从大门口出来时，一个小叫花子踩在一团牛粪上，摔倒了。她在棉袍前襟上擦着水淋淋的手，跑过马路，老门房看着她的背影，心想眼一眨她怎么轻巧得像个十七八岁的小女子？

凤儿跑到小叫花子跟前，把他从地上扯起来，就往一条一人宽的巷子走。她顾不上老门房盯在她背上的眼睛了。

“他们说，他早跑了！”七岁的小叫花子一身褴褛半身牛粪，一面说一面张着一只脏巴掌，等着赏钱。

“噢，就打听来这一句话？！”凤儿厉害起来十分厉害，她一伸手揪住小叫花子冻疮累累的耳朵。

“……他挨了一枪，就跑了！”

这句话对于凤儿也是突来的一枪。她放开了小叫花子，定了定神，又问：“啥时挨的枪？！枪挨在哪儿？！”

“柳天易一来就挨了一枪……”

“什么柳天易？柳天赐！”一个大些的小叫花子这时赶来了。另外一个同伴跟在他身后。

“那个当兵的就叫他柳天易！”第一个小叫花子不服气，回嘴道。

“那是他不识字！”

“你识字？！……”

岁数大的男孩冷不防一脚踢出去，若不是凤儿挡得快，那一脚就落到七岁男孩勉强掩住的裆间了。凤儿的腿让岁数大的男孩踢得一阵闷痛。

“说清楚点儿，”她说，“挨了一枪，咋还能跑呢？”

“不知道。”岁数大的男孩说。

“那是啥时候跑的？”

“不知道。”

凤儿恨得手指尖发硬，随时会掐住小叫花子大车轴一般黑的脖子。但她还是从口袋摸出三个铜子，分别搁在三个掌纹满是泥污的手掌上。

“那一枪挨在啥地方？！”她问道。

小叫花子拿了钱，已经往巷口跑去。年纪大些的男孩站住了，回过身：“大妈再给一个铜子，我们再给你去打听，那一枪挨到啥地方了。”他流里流气地笑了。

凤儿心想，天赐是好样的，记住了她的叮嘱，好歹跑了。

油菜田由青而黄的时候，蜂子一群群地来了。放蜂人戴着面罩和帽子，在镇上来来往往，讲着口音偏远的话。

凤儿这天清早被一阵腹痛弄醒，心里怕起来：她真的要一个人躲着把孩子生下来吗？到时她知道怎么生吗？……

这是一个被人弃了的荒窑院，潮湿的黄土墙在春天泛出刺鼻的土腥。她已花完了从赵家带出来的最后一文钱，包括平时攒的和从赵元庚那里偷的。生孩子要给自己准备些吃的喝的，这得要钱。

凤儿躺在土腥气刺鼻的黑暗窑屋里，等着下一阵疼痛到来。她听人说这种疼痛是由慢而紧的。她也听说一疼能疼几天几夜的。

第二阵疼痛一直不来。她赶紧起床，摸起自己的大棉袍套上身。天已经很暖，棉衣早就穿不住了，但大棉袍是她的伪装和盔甲。

她只剩下最后一着：典当首饰。离开赵元庚那天下午，她把所有的细软缠裹在自己身上，能佩戴的也佩戴上了。没费任何劲，她把赵元庚锁在抽屉里的一个钻石戒指也偷到了手。她得赶在要她命的疼痛之前，给自己囤点粮。

这个叫津城的县城和洛阳相隔四十里路，城里最大的一个当铺是一个马姓老板开的，是一百多年的老字号。凤儿从赵家跑出来半年多，已经是个老江湖，到一地就把当地的商号、行帮、会馆马上摸清。这些号、帮、馆天天争斗，要在他们的缝隙里穿行自由，首先就要把握他们的底细。不到二十岁的凤儿把各色人等都看得很透。正如马姓当铺的老伙计一眼看透她不仅年少而且貌美这一点。

她默不作声地把她的头巾抹下来，又从贴身的兜里掏出一个手巾包，打开来，里面有一个翡翠镯子。

当铺的老伙计把手镯拿到手里稍一端详，眼睛从花镜后面抬起来，看着她："假的。"

凤儿愣住了。

"工料都好，一眼看上去，真唬人。"老伙计说。

"您看走眼了吧？"凤儿问道。她觉得下腹胀硬了，疼痛来得可真不是时候。

老伙计看看她变得焦黄的脸和灰白的嘴。

“花不少钱买的吧？”他问道，同时同情地笑了一下。“谁卖给你的？”

“不是买的……”凤儿脱口而出地答道。她若不疼晕了，不会说出这种缺脑筋的话：不是买的，那是偷的喽？……

她看见老伙计一双眼珠在又红又潮的眼圈里比钻石还亮。

“不是买的，是人给的。”疼痛由紧而松，慢慢又放开了她。

“谁给你的？”老伙计又问。

没了疼痛，凤儿过人的伶俐就又回来了。她把那镯子拿过来，在光里细细看了看，同时问道：“您像这样看走眼，是头一次吧？”

“走不了眼，他嫂子。”

“您在这柜台后头站了多少年？”

“有四十年了。”

“那真不该走眼。”

“可不是，”老伙计笑了。“亏得我当班，换个人，还真没准会走眼，把它当真的收进来哩。谁给你的？”

“谁给的？是个不会给假货的人给的。”

凤儿把手镯又包回手巾里。柜台上有面木框雕花镜子，凤儿的侧影在镜子里。老伙计盯着镜中的女子。她刚一出门，老伙计一手撩着长衫的襟子就上到楼上。楼上有个十七八岁的徒工，正在给几件银器抛光。

“……快去，找辆骡车！”老伙计说，“赶紧给赵旅长报个信！刚才那个女人十有八九是赵家的五奶奶！好像要生娃子了！”说着他从椅子上拿起徒工的夹袄，扔给他。“赵旅长是咱的老主顾。”

老伙计跌跌撞撞从楼梯上下来，跑出铺子，看见凤儿已经走到街的拐弯处了。他扯嗓子便喊：“他嫂子！”

凤儿站在街边上，转过头。疼痛有一百斤重，她觉着自己的五脏六腑都坠胀到膝盖了。要不是肚子又痛起来，老伙计是追不上她的。

“等等！”老伙计一边叫一边撵上来。

凤儿疼出一身大汗。她的身体在又热又黏的衣服里动也不敢动，脸上还摆出一个笑容：“等啥呀？”

“我刚才还没跟你说完哩！”老伙计说。

“瞧你急的！我正要跟人打听下一家当铺呢！”她逗他，明白自己的笑容也疼丑了。

“他嫂子，您听我给你说。翡翠这东西，成色太多。他嫂子这件呢，虽说够不上稀世珍品的格，可它也挨得上翡翠的边儿，高低值几个钱……”

“哟，这么一会儿，又成真的了？”

“您回来，咱们好好议议……”

凤儿感觉一丝热乎乎的汁水从两腿间流下来。是血不是？她可别把孩子生在当铺里……

“那您赶紧给个价，我还赶路呢！”她转眼已是个厉害女人。

“急什么？先到铺里喝碗茶……”

疼痛渐渐缓去，热汗蒸腾着凤儿的身子，又从她的后领口升上来。她感到自己发髻下的碎发都湿透了。跟着老伙计往当铺走的几步路，凤儿走得实在遭罪。她已经把肚里的小孽障恨碎了：你先给我过刑吧，小冤家！明天你又该奔回去等着投下一胎！

等她在老伙计安置的红木罗圈椅上落了座，她身体里流下来的滚热汁液已经凉了。万幸她穿了棉裤，扎着绑腿。能坐这一会儿真好，她真不想再起来了。就让我顺着椅子溜到光滑滑的木地板上躺会儿吧。这肚子痛怎么能把我的腰都疼断呢？

"来来来，喝点茶。"老伙计拎个瓷茶壶走过来。

店堂原来并不小，两侧都有柜台，中间搁着一个高几，两把罗圈椅。太阳从下了铺板的门外进来。应该快到晌午了。

一辆载着蜂箱的骡车"嘚嘚"地从门口走过去。

"这是去年的信阳毛尖，可是顶上等的。马老板嘱咐过，主顾就是朋友，一定要结交一辈子。"他给凤儿斟上茶。"可惜今年的茶还没下来。"

"那就按您说的，这个镯子是个假货。您给多少钱？"凤儿喝着茶问道。

"茶喝着咋样？"

"不赖。"她的眼睛带点逗笑地盯着老伙计，意思是：你想看透我到底多年轻，眉眼到底长得啥样，那我就好好地给你看。

"他嫂子你先开个价。"

"这不是典当的规矩呀！能由着卖家信口开价？"

老伙计承认她是对的，点点头，清了清嗓子里的痰："要是假货，那就不值什么钱了。”

“总得值点吧？”她又把那镯子从手巾里拿出来。

“那我可开价了。”

“照直说。”

“说了你可不兴生那人的气。”老伙计说着，把镯子拿过来，捻了捻。

“生谁的气？”

“就是送你镯子的人呗。”老伙计用他六十出头的老眼飞了她一个坏笑，“我一看就知道，这镯子是礼轻情谊重。人家肯定是当定情物送你的吧？”

凤儿只朝着茶水“呼呼”地吹气。她想，这腹疼怎么就见轻了呢？是刚才喝的两口热茶的关系？可是刚才几阵疼痛可是把她疼虚了，一坐下来就软得站不起来。再让我多喝两口热茶，我再奔下一个当铺。

“茶好香啊！”她抬起眼睛朝老爷子一笑。

凤儿不知道自己的几十种笑里有十分天真无邪的这一种。这时候她在老伙计眼里，一笑就笑成了个孩子。

“我有半年多没喝这么好的茶了！”

就喝这最后一口茶，喝完起身扯扯衣服就走，她对自己说。但她又喝了一口。她对自己的不守信用在心里笑笑：你这懒婆娘，屁股咋这么沉？！……她在老伙计为她斟上第三杯茶的时候终于站起来告辞。

“我还没开价呢！”老伙计的手差不多要伸上来拽她了。

凤儿不是被老伙计拽回到椅子上，而是被疼痛。它不像前几回那么客气，来时多少给个预告。这回它来得太猛，凤儿觉得自己给疼得昏迷了一瞬。这个疼痛就是小孽障本身。这个小孽障想要出世，是不管他娘死活的……

她只看见老爷子嘴合嘴开，不知道他在说些什么。她恨自己贪恋那点热茶、那一会儿舒适就耽搁在这里，听由老爷子两片嘴皮子翻来翻去，把一件难得的好东西贬得一文不值。现在她想走也走不动了。

赵元庚的儿子就要生在这当铺里？

凤儿不知道这阵剧痛离分娩至少还隔着几个钟点。头次生孩子，这样的疼痛还只是开始。凤儿自认为能算计得了她的人不多（连赵元庚都在她手里失算了），因此根本没把当铺这个穿蓝布长衫的老伙计放在眼里。

蓝布长衫下的那颗心跳得就差顶起那层蓝布了。老伙计一面跟面前的女主顾说话、干咳、赔笑，为她一杯杯续茶，一面偷瞄着老爷钟的长短针。徒工走了一个多钟点了，四十里路给一头好骡跑，不是玩一样吗？可这货怎么还没回来？是赵旅长不在没人能做主？……

“真是……太乱真了。要是真的，这成色的翡翠全中国也难找出第二个来。”他把二十块大洋一块一块往桌上数。“不过也难为人家，弄来这么乱真的假货送你，情分也不薄，你说是不是，他嫂子？”

“说不定他也看走眼了，”凤儿说，“花了买真货的钱数，买的是假货。”

她几乎用全身力气来支应老伙计。她想肚里的小孽障跟他父亲串通一气来欺负她。你折磨我吧，看你还能折磨多久！再有一会儿，我就和你总清算！……

等到这阵疼痛过去，凤儿把镯子慢慢捋回自己腕子上，左右看看。

“好茶。谢谢了！”她站起来。

老伙计赶紧跟着站起来。

“你……你不卖了？”

“三文不值二文的，有啥卖头。”

她快步朝门外走。老伙计一把扯住她的衣袖：“唉！……”

凤儿吓一跳，她手势很大地抽回自己的衣袖，眼神在说：“大爷您看上去挺规矩的呀！”

“对不住……”老伙计赶紧鞠了个躬，“太急了！……”

凤儿看着失态的老爷子。她用不着问：“急什么？！”

老伙计又鞠了个躬：“我不是那意思……我就是怕他嫂子回去，把事当面跟他挑破了，说人家送的是假礼。”

“您放心，今生今世我不会再见着这人了。”凤儿说。

她已经跨出了门槛。老伙计再次急了，喊起来：“别走！……”

凤儿又站住了。

“他嫂子，那你自个儿说个数，都好商量嘛！”

凤儿咯咯地笑起来。老伙计等她笑完，又说：“世上的东西本无价，价钱都是人为的。我开的价你可以还嘛。”

凤儿说：“要是它真的就值二十块钱，您才不会请我喝几块钱一斤的好茶呢。要是您干这行当干了四十年，还会让假货花了眼，老板才不会让您独当一面呢。要是您混到这么大岁数还请卖假货的喝好茶，把卖真货的往别家当铺送，老板早就打发您回家种红薯去啦！”

老伙计给说得老脸没处藏似的。他这样的人能把稳饭碗，主要靠面皮厚。老板、主顾都窘了他几十年，窘了他万千遍，他在凤儿面前会窘得直是傻笑，当然不会是真窘。他想让凤儿相信他不过在欺行霸市，现在被她说穿了。他瞥了路尽头一眼，几个放蜂人乘了一架骡车走过来，蜂箱摞得有一间小屋那么高。徒工怎么到现在还没带赵元庚的人回来？……再不带回来，他就留不住这个在逃的赵五奶奶了。

“他嫂子一看就不是一般农户家的妇道，敢问不敢问夫家姓名？”

“不敢问，”凤儿又笑一笑，“问了该吓着了。”

马记典当行的徒工远远落在了八个骑兵后面。徒工一到赵家，就看见了张副官。他报告说五奶奶找着了，是跟赵家失窃的翡翠手镯、耳坠一块儿找着的。张副官叫他在门厅里稍等，他去通报赵大奶奶李淡云。赵旅长到安徽给部下们开庆功会去了，所以得大奶奶拿主意，怎么处置身怀赵家子息在逃的五奶奶。

张副官亲自披挂起来，带了八个兵，骑上马往津县去。典当行的徒工乘着骡车跟他们跑到城外官路上，就跟不上了。

马记典当行离城东门只有半里路，城门口甩个响鞭，铺里都能听见。老伙计此刻已经承认自己的“走眼”，愿意出三百大洋来收凤儿的翡镯。东城门方向突然传来烈马的嘶鸣。

凤儿和老伙计一块儿朝门外明晃晃的下午看去，又不约而同地来看彼此。老伙计的眼光躲开，凤儿全明白了。

“赵元庚给你什么好处？！”她抓起柜台上的雕花镜子。只要老伙计上来拦她，她就往他头上劈砍。

“五奶奶别生气。赵旅长不给俺们难处，就算给了天大的好处。”

老爷子低下头，任赵五奶奶出气，就是真把镜子碎在他的老脑袋上，他也认了。

凤儿心想，砍了这颗半秃的脑壳也没用啊。凤儿不做那些没用的事。她心里只剩了一个念头：不能让赵家得逞，捉了她还落个儿子。她把镜子在柜台上一磕，从一摊碎片里挑了根最尖利的，捏在手上。她得先往肚子上戳，再往自己喉咙上戳。

白亮的门口一下子暗了。两个戴着养蜂面罩、帽子的人走进来，也看不出是男是女。

“女掌柜的，跟您借把镐！驮蜂箱的车翻了……”

凤儿正要说她不是女掌柜的，那人已将一顶防蜂面罩和帽子扣在了她的头上，一面把她往通往后院的走道上推。

“凤儿，是我们……”

凤儿一点也听不出这个“我们”是谁，只明白“我们”和赵元庚的人在唱对台戏。

等她跟着一个养蜂人从马记当铺出来，他才说：“我是陆宝槐，小时候你叫我二狗子哥。”

凤儿朝他看一眼。隔着自己的和他的面罩，她也看不清二狗子的脸。她记得十来岁的二狗子有两条毛虫似的大眉毛，十六七岁的二狗子鬓角和刚毛尖的胡须连着。这时的二狗子该有二十五岁了。

当铺后面停了一辆车。拉车的一头驴骡和一头马骡喷着鼻子。眨眼间凤儿已坐在了车上。不久，她眼睛看出去，两边都是往后退去的菜花田了。二狗子告诉她，凤儿爹死前嘱咐他一定要找着凤儿。

凤儿被腹痛折腾得一身接一身地出汗。这时她紧咬的牙关松开了，问道：“我爸死了？”

“啊，死了有半年了。”

凤儿隔了半晌才问：“埋哪儿了？”

“跟你妈的坟一并排。”

凤儿没哭。她原本就不爱哭，自母亲死了后，她觉着自己没剩多少泪了。从赵家跑出来的这几个月，她的心越来越硬。到她打听到柳天赐挨了枪的那一刻，她觉得自己的心已经硬成了一块石头。

陆二狗把车驾到一条小路上。两边的枣树开花了，粉白一片云雾。穿过枣林，就是那条干涸的河。过河时凤儿看见石缝下河水还活着，还在无声息地流淌。

凤儿突然发出一声叫喊。她对于自己能够发出母羊般的惨叫毫无知觉。叫的同时，她的身子做出很不体面的姿态，两腿分开，腰向后塌去。二狗子赶紧喝住牲口。

远近一个人也没有。太阳落到枣林的后面，月亮在它对过淡淡地挂着。二狗子很慌地问："凤儿，要紧不？"

凤儿根本不理他。她连他是个半熟半生的男人都忘了。

"凤儿，咱再赶五六里，就到家了……"

凤儿吼了他一句什么。

"你说啥？"二狗子问，把耳朵凑近她。

凤儿又吼一声，同时一个巴掌拍在二狗子脸上。二狗子好像听清了她是说："滚远点！"

二狗子赶紧跳下车，想想他不能依了她"滚远点"，让她把孩子生在蜂箱上，便又跳上车，把凤儿连扛带拽地弄到地上。凤儿沉得像个人形秤砣。

凤儿一对黑里透蓝的眼珠散了神。她被二狗子安置在一棵大槐树下，身下铺着二狗子放蜂带的铺盖。

凤儿一口一个"滚远点"，二狗子就是不依她。

最后凤儿脸紫了，对二狗子说："我要解大手了，你在这儿干啥？！"

二狗子这才跑开。一个钟点后，天擦黑了，二狗子带着一个接生婆来到槐树下。跟在后面的还有二狗子的媳妇，怀里抱着正呷奶的儿子。他们要把凤儿搬到家里去。

产婆伸手往凤儿裆间摸了摸，一面说："来不及往旁处搬了。"

幸好车上有一口铁锅，一个铁桶。不久二狗子媳妇就用石头支了个灶，架上锅，锅里烧着从河里一捧一捧舀来的水。

月到中天时，孩子才生下来。果然是个男孩。二狗子媳妇用锅里的热水替孩子擦洗，一面大声向躺在槐树下的凤儿大声报喜："胖得哟！眼睛都成缝了！鼻子好啊，像你的鼻子。手大脚大！比俺栓儿生下来的时候个头大多了！……"

凤儿躺在那里，觉得二狗子媳妇的声音越来越远。她知道自己太累了，太困了。女人分娩的第一大美事就是能给自己带来一次最香甜的睡眠。

凤儿不知道自己是怎样进到这间窑屋里的。窑又宽又高，箍了砖，地上也铺了砖。砖是新的，还没让潮气涨大，因此到处是缝隙，人的脚踏上去，一片哗啦啦地响。

二狗子媳妇的两只扁平大脚就这样踏着不瓷实的青砖从窑门口走进来，走到凤儿躺的床上，她想轻手轻脚也不行。

"你就放开步子走吧！"凤儿说。

"孩子给你抱来了，喂喂吧？"二狗子媳妇说。

“不喂。”凤儿说。

“饿啦！”

“……”凤儿懒得说真话。“奶还没下来呢。”其实一清早她就发现自己的衣襟被奶打湿了。

“那也中，我这奶栓儿一人吃不完，也叫咱娃子呷呷。”二狗子媳妇说。

凤儿没见过这位嫂子，昨晚没看清她，也疼得没顾上看她。这时借着窑洞小格子窗透进来的光，她发现这位二嫂人高马大，简直就是个女汉子。她这才想起进到马记当铺的两个汉子，原来其中一个是女人。听二狗子说，他这媳妇吃的屙的都不比男人少，力气也不输给任何一个男人；二狗子带着凤儿逃出当铺时，她一人就把当铺的老伙计绑了，在他嘴里塞了手巾，然后很快又担着两担蜂箱晃到大街上去了。这个时候看，嫂子就是个平常人家的嫂子，脸蛋又圆又大，两只眼睛直愣愣地却又怯生，跟凤儿说话时都不多朝凤儿看。二狗子的媳妇告诉凤儿，徐孝甫死后，二狗子一直在找她，放出去的眼线终于发现搬进荒芜窑洞的神秘女人就是凤儿。

“要不我点上灯，让你看看咱娃子？”二狗子媳妇向凤儿提议，“昨夜里黑，你都没看清吧？”

“急啥？早晚看得清。”

嫂子把油灯从砖壁的壁洞里拿下来，又找到火镰。

“不费那事，嫂子，自己的孩子，看不看都一样。”

二狗子媳妇不再坚持，把孩子又抱回隔壁自己的床上。夜里得奶他两三回呢。

第二夜凤儿醒了好几次。孩子一哭，她便醒来。孩子是在隔壁哭，哭声亮着呢，三尺厚的泥墙都给他哭穿了。最后一次，孩子的哭声和远近的公鸡打鸣一块儿响起，凤儿披着棉袍坐起来。隔壁安静了，孩子吃了嫂子的奶，又睡着了。

她轻手轻脚推开隔壁窑屋的门，走进去。二狗子两口子睡床上，两个娃子睡一个摇窝。摇窝栓儿一人睡嫌大，搁了另一个娃子，睡得像一个花生壳里一大一小两颗花生仁。这时进来一头狼，叼走娃子，大人都不会醒。夜里奶娃子，一个娃子奶三回，一个奶两回，这就是五回，两个大人实在累坏了。

凤儿把小的那个娃子轻轻抱起来。这是她头一回抱他。他的柔软把她弄得一哆嗦。这么软，简直就是一块柔嫩的肉肉啊。

她抱着娃子走出窑院。天色一点点地淡了。头一批鸟在树林子里叫，就是鸟儿们刚睡醒的那种叫：无忧无虑，多嘴多舌，一面还扑腾腾地抖擞着羽毛。她不容许自己想任何一个念头。早打定主意的事这时就不要再想，想也晚了。再有两个钟点，她已经在火车上。或许她不该坐火车，还是像前一次寻找天赐时那样走背静的路为好。这一次她没了累赘，一定会找到天赐的。假如天赐让那一枪打成了残废，她对他心里反而少了些亏欠。他还是个童男子，她已经是个媳妇，还是让那么个人弄成媳妇的。为残废了的天赐做半生牛马，她的心愿反而能圆满。

假如找不着天赐呢？……

她不去想。做得成事的人不该多想的时候就不去想。她什么也不想地往前走。天已经大亮。不知什么时候起了雾。她走过一座独木桥，再顺坡往河的上游走。上游人烟更稀。从桥的木头看她知道那是块棺木，木质很好，是楠木。这一带常有掘墓的人把棺木里的东西掏了，棺木就弃在野地。假如不是河干了，河水变这么细，这块好楠木棺材板也不会够长度架到水上做桥。也许它就被大胆的人劈了做柴火。胆小的人不敢用棺材板烧火，说是用它烧水，水会成血色，用它煮小米饭、高粱饭，米粒会站立起来。

凤儿走到一处水深的地方。大概齐腰深吧。她两脚在卵石间试探，慢慢走到水边上。

怀里的娃子还在沉睡吗？她解开袍襟，还未把襁褓托出，就和娃子一双睁大的眼睛对上了。娃子的眼睛这时是看不见她的，她心里明白，可她觉得他在辨认她。他辨认出来他的母亲了，“哇”的一声，他号哭起来。

不知怎么一来，凤儿已扯起自己的衣襟，把娃子的双唇合在自己奶头上。他长长地有力地一呷，那疼痛直钻心底。不过疼得通畅、舒坦。

这是她第一次好好地看这娃子。她不去看娃子的哪里哪里像谁；她就是愣愣地看着这柔嫩的一团肉肉挤眉弄眼地吸着她的奶水。一团从她身体里长出来的肉肉啊。

“哇”的一声，另一个人哭了。凤儿发现这回哭的是她自己。她险些犯了罪过，把自己身上落下的这团肉肉搁到水里溺死了。她对这团亲血骨怎么恨得起来？即便他的父亲真是狼，她也不会舍得溺死他的。

叁

董村最东头住的女人很“姿烈”。这一带人把俊俏、漂亮、时髦会打扮的女人说成姿烈。这女人搬到村上有九年了，脸上还那么光润。所以人们都猜不到她到底有多大。反正岁数不小了；从她那两个儿子的岁数人们也判断出她不是个年轻女人，应该有三十八九岁。

两个儿子一个是亲的，一个是干的。干儿子叫陆大栓，平常就听人叫他“栓儿”。栓儿是和他妈一块儿搬到董村的。来的第二年，他妈病死了，替栓儿浆洗缝补的事，就由这个人称梨花婶的女人来做。

叫梨花的女人姓铁，冬天穿一身黑条绒，夏天穿一身白竹布，跟村里人来往不多，但一旦说笑起来还挺热络。她落户到这村的时候买了二十亩地，自家种不了，她的干儿子栓儿常来帮忙。栓儿是个很活络的小伙子，不干什么正经活儿，替人跑跑桐油、油漆的买卖，倒是也混得饱肚子。

梨花的亲儿子叫铁牛，小名叫牛旦，老实巴交一个小伙子，村里人几乎没听他说过话，连小孩们都能逗他欺他。有时他从巷子里走，几个孩子在他身后叫“牛蛋儿牛蛋儿牛鸡巴蛋儿”，叫完就跑，他都懒得追。有的长辈看不过去，跟铁梨花说：“她梨花嫂子，你那孩子也太老实了，你得教教他，别让他光吃亏！”

梨花笑嘻嘻地说：“吃呗。”

谁也弄不清梨花说的是不是真话。过去了这么多年，人们对于这个叫铁梨花的姿烈女人的好奇心才渐渐淡下去。不再有人打听她到底从哪里来，夫家是谁，怎样守的寡。他们偶然会见到梨花在集市上卖东西买东西，抽着一杆旱烟，烟嘴碧绿碧绿的，都怀疑它是翡翠的。冬天见她绒帽上顶着一颗珠子，也有人咬耳朵说那像夜明珠。不过九年来她和村邻们一样，吃一样的馍喝一样的汤，什么是非也没惹过，人们对她身上看不透的那一半，慢慢失去了探究的劲头。

人们并不知道这个叫铁梨花的女人在二十年前给自己改了个名，做过方圆几百里盗墓人中的女首领。从二十岁到三十岁，她白昼黑夜颠倒着过。一直到她三十九岁这年，她才能和正常人一样，在夜里睡囫囵觉。这是她下决心戒掉盗墓的第九个年头。

这天夜里铁梨花却又莫名其妙地醒了。她慢慢爬起来，一面摸起夹袄，搭在削薄的肩上。在她还是凤儿的时候，她的肩膀是圆浑的。她一伸手，准准地抓住窗台上的烟杆、火柴。她点上烟，抽了一口。远处的公路上，没有过兵车的声音。公路离董村七八里，但夜里日本人过兵车梨花能听得见。她盗墓落下的病根之一就是耳朵灵得过分。

一锅烟快抽完的时候，她听见响动了：脚步声由远而近，从她院墙外的麦地穿过，到了她的院墙根。这双脚上了墙头，在墙上移了两步，移向那棵桐树。脚掌贴到树干上的声音她都能听见。

从脚步声她认出她的儿子。牛旦顺树干溜进院子，马上脱了鞋，用十个脚趾撑着整个身体重量走过院子。换了别人，牛旦这步子可以算作声息全无。

牛旦先去了厨房。厨房的门正对着铁梨花的屋，开门会有响动。牛旦看见厨房的窗子开着，干脆直接去钻窗。

他钻了一半，发现对面有一星火光一明一暗，头和脚在里、屁股在外地愣在那里。

“门不会走，只会钻洞。”她母亲笑嘻嘻地说，火光在她又白又齐的牙上亮了一下。

他怎么也猜不出母亲怎么从她屋里进了厨房。就是钻窗子的那一会儿？牛旦也笑了。

铁梨花点上油灯，端着灯走到大灶台前面。一掀锅盖，里面是满满一锅热水。

“水给你烧上了。”母亲说。

“烧水干啥？”

“洗澡啊！”梨花用个大葫芦瓢往一只木盆里舀水，“一身阴飕飕的老坟土味儿。”

“我来吧，妈。”他上去接过葫芦瓢。

“你和栓儿，谁出的主意？”母亲又点一锅烟，“这么多年没敲疙瘩了，刚钻一回老墓道，我这房子里就尽是尸骨气！衣服脱了就从那窗子扔院里去，我这儿可不想沾坟堆的土！”

梨花走出厨房，替儿子掩上门，又回头说：“我这就来给你搓背。”

“我自个儿……”

“我是你妈！搓个背怕啥？等你有媳妇了，搓背我就不管了。”

她走到院里，把牛旦扔出窗子的衣服用火钳子夹起来，放进一个竹筐，天一亮她就会把它们拿到村里的陂池边去洗。

这时她听见牛旦在厨房大声问话：“您在盆里搁的这是什么呀，妈？”

“桃树枝子。”

“那我咋洗？”

“你别给我扔出去！桃枝是避邪的。”她一面说着，一面快步走回厨房。灯火只有一个蒲扇大的光圈，牛旦站在木盆里，水淋淋的背影也能看出一疙瘩一坨的腱子肉。

梨花给儿子搓背搓了二十年，他的成长就在她一双掌心里似的。从一个奶娃到一个壮汉，就像是母亲一双手给捏塑的。她入乡不随俗，从死去的母亲那儿学来的爱美，爱干净，到哪儿带到哪儿。这手掌心可是真打过儿子的，十几岁了还打过他，为他逃学，为他犯倔，为他怎么挨打也不出一声。牛旦上了六年学就不愿上了，梨花就把他送到镇上一家木匠铺去学徒，三年学下来，梨花发现老实巴交的儿子其实有双难得的巧手，做什么像什么。

她拿起澡盆里的桃树枝，噼噼啪啪地在儿子宽阔的脊背上抽打。

“哎哟，妈，你这叫干啥？……”

宽阔的脊背缩窄了一些。

“打打好，打打驱邪！你和栓子不听话，说不再掘墓洞了，你俩又去掘，这不是心里有邪气了？还不叫我打打？！……别躲！”

牛旦的脊梁又直起来。其实母亲打得柔和得很。

“今天还有人来问过价。问你打一扇槐木门多少钱。”

牛旦不言语。铁梨花却知道他对有没有生意无所谓。

“你都出师两年了，一共就给我打过一个柜子。”

“谁说的？我还给村南头的董三大爷打过一张八仙桌呢！”

“是啊，董三爷还说牛旦儿以后不输给他师傅呢。”她两手在他肩上一捺，儿子便顺从地坐进澡盆，水漫到砖地上。“妈总想盘个店面过来，开个木器行，妈帮你照应，你只管做活。看见合适的人家，给你说个媳妇……”

牛旦的背影羞怯了：“谁要咱哩！”

母亲说：“咋了？你又不瘸又不瞎！不去干那缺德丧良的事，小本小利的生意，好好经营，也能过得挺美，就说不上个好闺女？”

牛旦又不吱声了。

母亲说：“哼，你心说，谁让你当妈的把我生在一帮子盗墓贼里头呢？”

牛旦瓮声瓮气地回道：“我可没那么说。”

铁梨花：“咱搬到董村之前，肯定有人告诉过你，你姥爷是个最好的盗墓贼，你妈也当过这地底下的铁娘娘，是不是？”

牛旦不言语。他这会儿没话就是默认。

母亲说她去给他取干净的换洗衣裳。到了厨房门口，她又站住说：“你以为我这几天心里闲着呢，以后你跟栓儿再合计什么勾当，趁早别瞒我——昨夜里你啥时走的，穿的啥鞋走的，我全知道。”

天麻亮时，铁梨花把笼子里的鸡放了出来。她见儿子已穿上了衣服，把洗澡水舀在桶里，提着桶从厨房出来，他正要当院泼去，母亲阻止了他，从他手里接过桶往猪圈走。她要用这水刷一下猪圈。牛旦赶上去几步，从她手里夺过桶，泼到猪圈的地上。两只还没睡醒的猪不高兴地吵闹起来。

“妈？……”

“嗯？”

“您别担心。我也就敲这一回疙瘩。”

“敲了头一回，就有第二回。”

“我跟你起誓……”

“行了。我就这么告诉你吧，掘墓这事上瘾。一染上，就难戒。

妈把你和栓儿母子带到董村落户，就是想让你躲开那些人。那年你才十一，偷了我的洛阳铲，把我吓坏了，怕咱家的贼根再也断不了，那之前，我以为你不知道妈靠啥本事养活你。”

“我八岁就知道了……”

铁梨花把烟杆在鞋底上敲敲，烟锅的烟灰被磕出来。“那些嚼舌根子的，还嚼了些啥？”

“多啦。说您年轻的时候跟赵司令……那时是赵旅长……就是赵元庚……”

“放屁。”

母亲的脸冷冷淡淡。她最让人惧怕的表情就是没表情。

“我没信。”牛旦马上说。

“你为啥不信？”母亲又有表情了，好奇而诡秘，眼睛像小女子。

“我会信？谁会搁着司令夫人不做，荣华富贵不要，做敲疙瘩的，图的啥呢？”

母亲又淡淡的了。儿子不知哪里说错了。母亲对他来说太神秘、太难揣测了。

“孩子，你可不敢干那事。”

他知道“那事”是什么。他不说话，望着满地踱步寻食拉屎、自得其乐地咕咕叫的鸡们。

“你是妈的性命，知道不？妈恨敲疙瘩这行恨得牙疼，可当时为了能养活你，妈还是干了这行当。妈是怕报应。报应到我自个儿头上，也就死我一个，报应到你，那就是两条命——妈也活不成了。你看干这行的有几个活得长的？栓儿爸暴死，栓儿妈那么强健个女人，都洗手不干了，搬到这几十里外的董村，还是病死了。”

“公路上天天打枪打炮，日本鬼子的兵车天天过，不敲疙瘩，就活得长？”

“你得答应我——再不敲疙瘩！”

“妈，就让我敲这一回。”

铁梨花看了儿子好一会儿。然后她转身拾起一把小锹，把一摊摊鸡粪铲起，装进个簸箕。她会用这些粪上菜地。

“我找着那个鸳鸯枕就洗手不干。”牛旦说。

“你找不着。”

又是这个鸳鸯枕。她父亲也找它找得那么苦。它是敲疙瘩的人的一个志向。从她在盗墓人圈里呼风唤雨的年代，就听人说到这个宋代皇妃用过的镂空熏香瓷枕。谁也不知是否确有其物，但黑市上总有人出天价收购它。

“真找不着，我和栓儿哥也就死心了。”牛旦说。

七月十五的大集市很拥挤。从前线撤退的国民党伤兵驻了大半个镇子。在穿草鞋、麻鞋的庄户人腿脚之间，添出许多架木拐的腿脚来。

这些架着木拐的腿脚渐渐往集市中间聚拢，围在一个代写书信的摊子周围。

伤兵们传说那个代写书信的女先生又年轻又可人，都过来把她当一景看。这时他们不远不近地站在边上，听那小姑娘为一个老太太解说她孙子的来信。

“他信上说呀……他教那日本婆说‘早安’就是‘王八蛋’，那日本婆见谁都跟人说‘王八蛋’……”姑娘自己忍不住，捂着嘴乐了。

老太太一面用袖口擦眼泪，一面笑着说：“这个坏小子！……这信是啥时候写的？”

“今年三月。”

老太太：“怎么一封信在路上走那么多日子？”

姑娘说：“这不算慢！上回我给人念的一封信，在路上走了八个月！”

伤兵们看着十七八岁的小姑娘编一对辫子，脸蛋称不上个美人儿，却是甜甜的，温暖的，不知哪儿透着一股不俗。她穿一件白底子蓝细条的衫子，胳膊肘打了补丁，肩上也打了补丁。说明她又写字又扛农活，兼文兼武哩。

一个中年军人挤到人前，从怀里摸出个手巾包，里面包着几封信。其实他是能识几个字的，这些信也都读过；他只是想让这个小姑娘再读一遍给他听。

有人招呼说：“他梨花嫂子来了？”

“赶集呀？”梨花也招呼道。

这声沉稳的、低音调的女声使小姑娘抬起头——看了铁梨花一眼。低下头，又抬起，看了第二眼，掩饰不住满心的好奇，好像是说，这位婶子的面容和打扮跟这个乡土小镇好不合宜呀。

“婶子要写信？”姑娘问。

“你先给这位老总读信吧。”她笑笑说。

姑娘在给中年军人读信的时候，铁梨花始终盯着姑娘头顶的招牌。上面那“家书抵万金”几个字笔画如刀刻斧凿，朴拙却气魄很大。这就是这一代读书人崇尚的“魏碑”。能把魏碑写这么好，功夫和境界缺一不可。

“闺女，你叫什么名字？”铁梨花问。

“您就叫我凤儿吧。”姑娘答道。

铁梨花心里一动：又是一个凤儿！但马上她又想，多少人望女成凤？叫凤儿的女子太多了。这个凤儿不知会是什么命。天下凤儿又有几个有“凤”的命运？读完了信，她被铁梨花打量得不自在了。

“婶子您有事儿？”

“想让你写副对子，可这时又不过年。”铁梨花的话让周围人笑了。“闺女，你这字写得真好，谁教的？”她指着姑娘头顶的横幅招牌说道。

“我的字可不敢往那么大写，”叫凤儿的闺女笑道，“没真功夫，字一写大就露馅啦。那是我爹的字。”

人们没注意到叫梨花的女人愣了一下。

“那我就给您写一副对子吧。明年过年贴呗。”凤儿说道，“不贵，我只按三毛收。我还搭纸搭墨钱呢！”

旁边的军人们说这个闺女还挺会揽生意。闺女回敬他们，她不是挣钱置地买房，她这是屯钱办学哩！办啥学呀，日本鬼子把洛阳城都围了！那就不办学了？不念书当了亡国奴还挺乐呵！当兵的自己和自己争开了。

一个头上打绷带的军人又挤回来，手里拍拍信纸。

“喂，我说，你这都写的啥呀？”那军人质问凤儿，“我说的你都没给我写上去！”

另外一个伤兵也用木拐开路，走近凤儿的写字桌。

“我刚才说那么一大堆，你怎么才写这几行？”瘸腿兵问道。

头上打绷带的兵说：“再说了，我的信是给我媳妇写的，他的信（他指那个瘸腿兵）是给他爷爷写的，怎么让你一写，都写成一样儿了？！”当兵的要动武似的。

凤儿看着他们，并不害怕。

一个膀子吊在胸前的兵抓过瘸腿兵的信一看，也急了：“我不识字也看出这两封信跟我这封一模一样！”

瘸腿兵真要露出丘八本色了：“你这是骗钱不是？老子们打日本小鬼子，脑袋没丢丢了胳膊腿，到了后方你还敢榨我们拿命换的几个钱？”

铁梨花赶紧上前挡住瘸腿兵。

瘸腿兵转身，朝大伙扬扬手里的信纸：“我写给我那四世同堂的一家子的信，跟这两封一模一样！这小丫头片子，学什么不好，学骗钱！”

“我们在洛阳死守，横着抬下来的比直着撤出来的还多！我脑袋里还留着小日本的弹片呢！”头缠绷带的兵说。“我们连长就死在我身边……”他泪水冒上来。

“我能给您这么写吗？”凤儿插嘴道，不紧不慢地说着自己的道理，“你们家的老老小小，接到这样的信，还不哭呀！”

断膀子的兵说：“可这是实情啊！”

瘸腿兵说：“我是写信告诉我媳妇，我折了一条腿，人不全乎了。就是命大能回去，也种不了地、打不了柴、推不了磨了。我们家乡穷啊，娶个媳妇不易啊，我是让她改嫁给我兄弟，好照顾我爹娘一辈子，我死了也闭眼了……”他开始抹泪吸鼻子。

“大伙听听，这话我能往信里写不能？”凤儿说。

铁梨花心里对这闺女一阵油然的喜爱，又骂自己妄想，这么好个闺女你想弄回家做儿媳？呸！……

“等这封信到你媳妇手里，没准是七八个月以后了。那时没准你们真打了胜仗，你的腿没准也长好了。你肯定得后悔呀！把多么好一个媳妇让给了你兄弟！”

凤儿调皮地乜斜着眼睛，周围又是一片哄笑。

凤儿又说：“对老人对女人你们还不挑好听的说？胜仗败仗，只要你爷爷、你爹妈、你媳妇知道你活得好好的，比啥都强。”

“这闺女，挺懂人心思的！”那老太太说。

铁梨花人走了，眼睛还舍不得离开“家书抵万金”几个字。她想问闺女的姓氏，又怕一问自己就没得梦做了。闺女真姓柳的话，就是说天赐娶了媳妇。哪里会这么巧？这一带练“魏碑”的人多了。她走到集市上，觉着无力也无趣得很。

回到家里，她做事、行动都疲疲沓沓。正在柴棚里抱蜀黍秆点火做饭，听见脚步声近来，她直接抱着一堆蜀黍秆就去大门口，发现自己让蜀黍秆占着手，没法开门，又跑回去，把蜀黍秆放在柴棚，一边对门外叫着：“牛旦，等会儿，我这就来开门！……”

门外响起栓儿的嗓音，大声告诉她，他把一筐刚掰的嫩蜀黍搁门口了，他就不进来了。还没等他交代完，铁梨花已经又跑回门口，把门打开。她的行动很少像这样缺乏顺序。

“这是我家地里的蜀黍，您看穗儿多满呀！想叫婶子尝尝。”栓儿在门口跺着脚上的泥土。

“牛旦还在地里呢！”铁梨花说着，一面用围裙替栓儿抽打身上的土。“行了，现在干净了，进来吧。”

“我不进来了。”

“夜里瞒着婶子出去发财，不敢进来了？”

“轮着咱发财吗？”栓儿嬉笑着，露出一颗虎牙。他长得像父亲，长臂细腰，长眉细眼，人不高，却非常匀称，一笑起来你总怀疑他在和你瞎逗。

“还是我栓儿懂事，啊？夜里出去发死人的财，白天下地，赶集卖东西，该干啥干啥！”

“婶子可冤死我啦，我早就金盆洗手，重新做人了！”

栓儿妈去世后，他把铁梨花当作自己母亲。但他明白这种干亲关系有空子钻，梨花不会把他当牛旦那样严厉管教，所以偶尔他会跟曾经盗墓圈里的人来往，极偶然地，他也会出一趟夜差。

“别说你了，有时我都想再干两件漂亮活儿。”铁梨花抽着烟袋说道，“谁让咱们这儿土好呢？地上的土打个洞就是屋，地下的土里尽是宝贝。再说，一听说这个大帅，那个狗官明火直仗把某某的墓给盗了，我就生气。就那些笨蛋也干我们敲疙瘩这行当，给我们盗圣脸上着粪呐？他盗还不如我盗，凭什么他既窃国又窃钩……”

“婶子说得太英明了！您要是亲自出马，那天晚上我跟牛旦肯定不白忙活！”

铁梨花慢慢从嘴唇上捻下一根烟丝，眼睛瞅定他。

栓儿知道自个儿入了她的套，让她套出实情了，龇着虎牙笑了。

“你俩，谁出的主意？”她问。

“婶子，您捶我我也不能告发牛旦儿！”他直是乐。

铁梨花知道这是他在耍贫嘴。牛旦虽然这么大个子，但是没有栓儿他是不会有这么大胆子的。

“栓儿，你妈走的时候，你才十岁，婶子待你跟牛旦没两样：剃头一剃是两个青皮鸭蛋，做鞋一做两对千层底，婶子那时敲疙瘩，就为了你和牛旦能做正经人，好好地读几天书，像亲兄弟一样相互帮衬，等我一蹬腿走了，你俩还是一家子。你比牛旦聪明，懂事，有些话我得跟你说明白。盗墓这天杀的行当，能让多亲的兄弟都成仇人，多少亲人自相残杀，就为了尸骨边上那几件臭烘烘的珠宝……”

“婶子您把我看成什么人了？！”栓儿脸涨红了，“就是掘出个金銮宝殿，牛旦假如说，哥，这个我要了，我连个愣都不会打，就会对他说：拿去吧，兄弟。”

铁梨花不说什么了。她沉默的时候让人莫名其妙地心慌。

“您以为我做不到？”栓儿都有点恼了。

铁梨花还是不说话。

“我跟您赌咒……”

“不许赌咒！敲疙瘩的人可不敢赌咒！记住了？”铁梨花厉声说道。

她说着便往柴棚里走，刚要伸胳膊，栓儿手快，已经抱起一捆干蜀黍秆向厨房走去。铁梨花跟在他身后，心里感叹栓儿的体贴，而牛旦还是个牛高马大的宝宝。

“跟您实说吧。婶子，”栓儿搁下蜀黍秆，转身脸对着梨花。厨房的窗子被晒在那儿的一串串红辣椒挡了光，但栓儿羞红的脸还是让铁梨花看见了。“我想娶媳妇。”

“看上谁没有？”

“我跟牛旦一块儿看上了一个闺女。我说我让给他，他说他让给我。”

“又不是块油馍，让来让去它不会说话——你们得让人家自己说话。”

“还没跟她说上话呢……”栓儿声音都不对劲了。

“明天婶子去找个媒婆，带上聘礼。”铁梨花笑眯眯，看着满心受罪的栓儿直是怜惜，又觉得好玩。一想到牛旦可能也像栓儿这样，她马上就在心里偏袒起来。牛旦哪儿是栓儿的对手？村里十个闺女九个是喜爱栓儿的。牛旦心里受了苦都不知跟母亲诉诉——这几天他的话越发少，谁说不是在心里受苦呢？

“也不知道人家闺女说过婆家没有？”铁梨花说。

“打听了——没说过，刚搬咱董村没多久，是跑鬼子反跑来的。住在村北边，跟董秀才赁了那个大窑院，要在里头办学哩！”

铁梨花：“那闺女叫凤儿？”

“婶子认识她？”

“人家可是断文识字的。”

“把俺哥儿俩识的字加一块儿，也能凑成一个中学生吧？”栓儿又活泛了，“我和牛旦商量了，打算这么着：要是凤儿的八字跟我的合呢，凤儿就归我，要是跟牛旦的八字相配，那凤儿就是我弟妹。要是我俩的八字都跟她的相配，就……”

“行了，人家闺女要谁不要谁，那是最要紧的。婶子没读过啥书，脑筋可不旧。”

“那可不，婶子要在城里，不是校长也是先生，先生也没您这么英明……”栓儿一哄就能把梨花哄高兴，尽管她不信。他嘴巴特能，开了口好话就像大减价似的。

牛旦进了门，把骡子牵进牲口棚，他刚饮了牲口，两只鞋都糊着湿泥。

“我看你们别为难那闺女了。她多活泛哪，才不会要牛旦这闷葫芦。牛旦，你说是不是？回头过了门，两口子话都说不成！你俩打算拿墓里的宝贝发笔横财，盖房娶媳妇，是不是？放心，我不阔，不过你俩娶媳妇的钱我还掏得出。”

牛旦正给骡子刷毛，骡子突然往旁边一蹶，刷子掉在地上，牛旦给了这畜生一掴子。

铁梨花心里明白，刚才她说他“闷葫芦”，刺痛了他。

“我去做饭。你们先去洗洗手，再把蒜给我杵杵……”

“婶子，我回家吃去……”

“敢！”铁梨花说，“做了你的饭了！”

第二天一早，铁梨花雇了辆车，赶着来到离董村十里地的上河镇。镇上的店家有不少是陕西人开的，多半卖药材和干货。梨花托人打听到这街上有铺面房出赁，她找到那个铺面，一见那宽敞高大的门面就喜欢。租金不便宜，不过值了。她走进店堂，一个三十四五岁的胖子从里间迎出来，肚皮在白衫子下挺得跟口锅似的。

“您是来赁房？”他被她的模样震住了。

“从你们门前过，想着不如进来看看。”梨花不正眼看他，眼睛地上看看，墙上看看，边看边往里面走。“什么价？”

“价不是写在门板上了？”

“那个价钱是笑话。这一带我花一半钱就能赁来比你大的房。”

“大姐您打听过吗？……”

“这不就是个窝棚吗？”梨花手怠倦地一划拉，“前堂摆两张八仙桌就转不开身了，我还得隔出半间做木工活，连个伙计都不敢雇。这也敢要那么高的租金。”

“那您给个价。”

“给你杀下去四成，都是客气的。上河镇出租铺面的有好几家呢，有一家还送我一个月的租金。”

“您弄错了吧大姐？这镇上的铺面房也就是两三个房东，我都认识。”

梨花心想，坏了，没诈着他。

“您这位房东贵姓？”

“姓张。”

“上河镇大姓有三个，没姓张的呀？”

“东家不是本地人。这么着吧，我去跟张老板商量一下，老板人可好了，一再嘱咐我，宁可少收租也要把房赁给体面人，大姐一看就有派头……”

“快去吧，我等你回话。”她知道男人都想占她美貌的便宜，逢这样的时候，她跟他们一块儿占她自己美貌的便宜。

她从墙角拾起一张白纸，仔细一看，是张衣服样子，前头租这铺面的人是个裁缝。两袋烟的工夫，胖子回来了，告诉梨花房东同意按她的价赁给她。一个回合就把交易做赢了，她有些吃惊。铁梨花爱占上风，但没来头地占了上风，她又多心。

赁下铺面的第二天，梨花在村里又看见了凤儿。她被一个女人从屋里推出来，一面指着她骂她："老大的闺女不嫁个汉，各家瞎串游什么？！"

旁边有人告诉后来赶来看热闹的人：凤儿在村里动员母亲们放女孩子们去上学，这女人让凤儿给动员火了。

"上学上学，上完学全学成你这样儿？！老大的岁数满处野跑，这么野跑以后还说得上婆家说不上？！……"这女人有名的泼辣，自己男人都敢骂。

许多孩子、女人们从家里跑出来，看着女人又说又比画。她男人从后面拽她进屋，她嗓子越吊越高："我闺女上学？你给我抱孩子，洗尿布？你给我拾粪？你给拾我就让她去！……"

铁梨花见凤儿委屈得脸通红，说话间就会落泪似的。她走上去，扯扯她。

"来，跟婶子回家坐坐。"

凤儿不动，也不说话。

"别往心里去，"梨花说，"我和你一样，碰见这种人，一句话都回不出！"梨花轻声劝凤儿。其实她和这闺女完全不同；她嘴上是不吃亏的，不带脏字就能把人给骂得噎死。

"我爸让我动员十家，我这才动员了三家……"

铁梨花心想，她和她爸是老少一对呆子，一两天就想改变这里上千年的习惯？她想起了柳天赐的父亲，那也是个呆子，觉得这儿人过了上千年的日子不好，想让他们换个过法。他们不想想，读了书就能换个过法？

“闺女，你可犯不上生气，”梨花说。“一个人一个命，他不想改，他就活该受穷。”她发现地上有个布书包，滚得都是土，拾起来，拍了拍，替凤儿挎在肩上。凤儿转过脸，重重地看她一眼。梨花知道，她刚才的话多少帮她出了口气。没错，这种人就是活该受穷。

凤儿说：“我爸说，咱们念书人，也是穷，不过不在穷不穷，在于是不是稀里糊涂地穷。”

铁梨花左右看这闺女，都挑剔不出什么她不喜欢的地方。她意识到自己这是在用婆婆的眼光看媳妇。

“你看刚才在她家看见没有，七个人就五个碗，要有那几文闲钱，他们还不先去买俩碗？能花在闺女的学费上？”梨花还想劝凤儿。

“闺女们都是免学费的。”

梨花一愣：这对父女呆气得让她料所不及，真能赶上曾经的柳先生。

上河镇是个古镇，好房子多，式样也齐整，都是仿照镇上的刘家大院盖的。刘家的祖先在京里做官，明朝末年把北京的房子风格带到上河。梨花喜欢这个镇，觉得房子的风格多少代表一点人的品格。街上过往的人不少，但一看就没有无事生非闲串的。还有两三家古玩店、字画店，据说不少人会从县城或者洛阳来上河买字画古玩。

昨天牛旦在店铺里的作坊赶了一夜活，今早还没起。梨花轻手轻脚地卸下门板，然后往地面上洒了水，开始清扫店堂。

一个戴礼帽的人走进来，跟梨花掀了掀帽子。梨花正忙着，就没太寒暄。那人走过去，围着刚油了一遍的梳妆台打量着。

“今天还没开张呢？”戴礼帽的人问道。

“有客人就算开张。”梨花说。

“木器生意不好做呀？！”

梨花拄着扫帚，转过身，笑着说：“好做的不都让您做了？”

“说话跟二十年前一样。”

梨花愣了。这个人转过身来。他的脸现在朝着光亮了。梨花让自己千万别慌神。

“五奶奶风韵犹存。”他微微一鞠躬，一种稍带拿捏的风雅。“认出来了？张副官，张吉安。”

梨花心里说，我还是慌神了。

张吉安的头发稀疏了，腰背却还是行武人的腰背。他比过去显得老练，也不知怎么还多了一点公子哥的风流。在梨花眼里，他是顺眼的。梨花眼里的男人，顺眼的不多。

“从您眼神里，我能看出您是费了老大的劲才认出我的。恐怕您已经忘了我的样子。”他笑笑有点伤感，“二十年前，咱们也不敢多往对方脸上看，您说是不是？”

“是赵元庚叫你跟着我的？”

“你离开赵府，我就离开了。”

梨花的眼睛问他：为啥？嘴唇却紧抿着。她生来头一次碰到了完全猜不透的人。

张吉安说：“赵元庚怀疑上我了。他觉得我帮了你。”

梨花眼睛追问下去：你帮了吗？

“他觉出我对你有私情。”

她眼睛更是追问得紧了：有吗？

“虽说我和赵元庚是表兄弟，一旦沾上这种嫌疑，就处不下去了。面子是没撕破，我自己辞了职。不然他在我手下的人里天天搞收买，多别扭。”张吉安掏出烟盒，往梨花面前让了让，她拈了一根，他替她点上，又给自己点了一根，“他打听到我带着骑兵去马记当铺之前，做了手脚。”

梨花默默地听着。张吉安告诉她，他的确在收到当铺徒工的口信时做了手脚：他延迟了发兵的时间，还打发了一个亲信给梨花带了信。可那个亲信太慌乱，跑错了路，跑到另一家当铺去了。赵元庚急切地要捉拿五奶奶，又不愿意公开贴告示，怕丢面子，便在附近城镇的大小几十家典当铺布置了暗线。他知道五奶奶从赵家带走的或偷走的首饰珠宝只能在那里找出路。虽然五奶奶平时攒了一些零花钱，但长久过活她得靠典当，她当出来的珠宝就是捉拿她的线索。

“我当时太急了，没和那个亲信交代清楚，没办成事，还落了把柄。”张吉安不急不徐地回叙着，“我让他带给你的口信里，还有一句重要的话，请你当晚在饮马桥等我。”

现在铁梨花不慌了。她看着张吉安的脸，眼睛温暖起来。这个男子很有城府，不过眼神还是正派的。

“你为啥要我等你？”她问。明知故问。

“现在想，那个桥不吉利，今年给日本人的飞机炸碎了。”

“我那晚上要等了你呢？”

“既然当时你我没碰上，二十年后就不必告诉你了。”他看看外面，“找个地方坐坐？”

铁梨花正想怎么推托，牛旦眯着眼走出来了。

“小伙子手艺真不错。”张吉安说。

铁梨花知道他其实在搜寻牛旦相貌上赵元庚掺和进来的那部分。这不难，张吉安马上就找到了：牛旦的眼睛、下巴、嘴唇，和他父亲一模一样。

牛旦笑了一下，表示对张吉安的夸奖领情，也表示“哪里，哪里”。

“牛旦，这是咱的房东，张老板。”

“没想到我跟你妈过去是熟人。”

牛旦迅速看一眼张老板，又看看母亲。

“妈，你去吧，我照应着店里。”

铁梨花心里一惊，牛旦把刚才的话听去了。她不知道他从哪一段开始听的。儿子没经过什么事，她希望他像个普通农家孩子一样，一辈子不用经什么事。儿子这么一说，她只好跟着张吉安走到街上。

早上的太阳不太烫，张吉安还是用自己的折扇替梨花挡住阳光。这男人比过去还殷勤呢。不过梨花吃不准自己喜欢不喜欢太殷勤的男人。

“我一直在到处找你。”他说。

“赵元庚也在到处找我。不过，不如说他是找他儿子。”

张吉安笑起来：“你也太把他当人看了。他把他的钱、古董当儿子。他是找你带走的夜明珠。你撬了他的抽屉，比撬他祖坟还让他记仇。”

“他知道他儿子还活着？”

“他又讨了一房小老婆。还能生不出儿子？”

他到了一家茶馆门口，停下来，朝梨花做了个“您先进”的手势。

不一会儿堂倌给他们上了茶和茶点，张吉安又用自己洁白的手帕抹了抹茶杯。他让梨花感觉又成了少奶奶。

“五奶奶……”

“叫我梨花吧。”

“那天周胖子——就是我的账房，管租赁房产的那位，把您的模样一说，我心里就猜出是你。他说呀，这女人的名字挺怪的，叫铁梨花。我就去打听，发现你姥爷姓铁。”

梨花不作声。这个张吉安神通可不一般，路道太广，赵元庚都捕捉不到的女人，让他捕捉到了。

张吉安替她夹了块茶点：“洛阳的萨其马，二十年前你就好吃它。”

梨花到底是女人，对有个像张吉安这样的男人惦记了二十年，还记着她爱吃的东西，她还是不忍拒他千里之外。

“这四样点心都是我爱吃的。”她说。

他的样子感触万千。

“你只在赵家待了两个多月。”

她明白他的言下之意：两个多月中露出的好恶，他都看见了，记住了。

梨花和张吉安道别时，张吉安已经把“梨花”这名字叫得顺口自然，好像他从来就用这名字称呼她。

“梨花儿，在我四十五岁上，一段缘又续上了。应该说，老天待我不薄。”

“你家住在镇上？”

“一个人，走哪儿哪儿是家。”他看着她。

梨花脸颊一热。街上摆出了水果摊，熟透的桃子招来了苍蝇，那嗡嗡声响得她心好乱。

夜里响起了枪声。董村的人把狗喝住，背上早就准备好的干粮、细软，顺河沟往山里跑去。他们夜里跑反跑惯了，跑得又快又安静。

没有人问这是谁和谁又打起来了。左不过是八路的游击队或者从前线撤退的国民党二十八军的散兵游勇在铁路上打鬼子的伏击。铁路从郑州、洛阳一直通到西安，八路游击队常常锯下一截钢轨，让火车出轨，再丢些炸弹放几把火。鬼子会追击一阵，但末了总是作罢。人生地不熟的鬼子往山里追八路占不上便宜，这点鬼子很明白。一九四四年的鬼子和早先的鬼子不太一样了，老的老小的小，仗打了七八年，少壮的兵都打死了。现在的鬼子有一点不和八路一般见识的气度，实在打急了，他们才较真，对八路来一次大围剿。村里人跑是怕鬼子追捕不到八路回到村里来出气，抓一些夫子去修炮楼，或者抓几个闺女去取乐。不过洛阳攻陷了这么久，鬼子还没进过村。

人们在月光下往越来越窄的河床里跑。两边的山坡陡起来了，夹住长着苇子的古河道。

铁梨花手上挎个布包，里面装了几十张烙饼，二十个咸鸡蛋。她跑在人群的中段，不断跟人打听，有没有人见到牛旦和栓儿。人们都说没见这哥儿俩。她便转过身逆着人群往回走，目光搜寻着赶上来的人们。

“梨花婶子！”

她听出这声音了。是那个叫凤儿的姑娘，借着月光，她看见姑娘搀着个男人，四五十岁的样子。男人两腿直往前冲，上半身落在后面，再看看他手里牵的一条大黑狗，她明白这是个瞎子。

“我爹眼不好，我们出来晚了！……”凤儿说。

“没事，鬼子不会追来的！”梨花说，“他们怕八路在山里埋伏呢！”说着她和凤儿一家交错过去。

“梨花婶子，你咋往回走呢？”凤儿叫道。

凤儿的这句话被铁路那边的炸弹爆炸声掩住了。梨花见一个少年抱着鸡跑过去，另一个老太太抱着两只兔子跑过去。少年边跑边说：“梨花婶子，别往回走啦！几个鬼子进咱村了！……”

“你看见你牛旦和栓儿哥没？”梨花叫道。

少年没有回答。他顾不上了，抱的鸡也飞了。老太太剩下的三五颗牙咬得紧紧的，骂他孙子弄飞了她的下蛋鸡。

梨花这时看见十多步开外，凤儿的爹突然停住了。黑狗怎么拽他他也不动。然后她听见他开了口：“凤儿，刚才你叫的那个婶子，是谁？”

“爸，快走吧……”凤儿说。

“你叫她梨花婶子？”

铁梨花这时又走回来，一面在向人们打听栓儿和牛旦，一面看着凤儿的父亲。这时狗和凤儿都在拽他，却是谁也拽不动他，他朝正在说话的她伸长脖子，像是在“打量”她的声音。

“凤儿，扶着我，咱上那头走走……”他下巴指着铁梨花的方向。

“爸，您没听见，有几个鬼子进了村！”凤儿不容分说地拽着父亲。

铁梨花站住了。凤儿父亲的声音不生。何止不生，太熟了。她看着凤儿父亲踉踉跄跄，让一个闺女一条狗拉走了，却还不断转过头，还想“望一望”她的声音似的。

全村的人在河滩两边的柞树林里歇下来。铁梨花见凤儿和父亲坐在一棵树下，垫着一块旧棉絮。黑狗起身迎了上来。凤儿的父亲马上知道有人来了，仰起脸。

“凤儿，”梨花叫着正打盹的姑娘，“这儿可有点潮哇……”

凤儿父亲的手马上去摸倒在一边的拐杖。梨花见他拄着拐杖站起身，一只手慌张地抻出掖在腰间的旧长衫。远处的枪炮声在窄窄的河道里听起来闷闷的，像是远古传来的。

“她婶子……”凤儿的父亲说道。

他仰着脸。这时他不是在“望”了，而像是在“嗅”。他说，“不敢认了……”他轻轻地笑一声，“认错让人笑话……”

铁梨花和他只有两尺距离。她打量一眼他们的行李，发现了一把拴在包袱上的胡琴。

“闺女也叫凤儿？”梨花说。她看着他二十年来的变化。月光中她都看出这变化多吓人：天赐白了头，驼了背，眼睛也失明了。

“要是认错人了，先给您赔个不是，”天赐说，“该不是徐凤志吧？”

梨花给他这么一叫，撑不住了，眼泪冲出眼眶。当年他叫她就像叫学校里的女学生，连名带姓。后来他们亲近了，他才叫她凤儿。他给闺女起个跟她一样的名儿，天天时时地唤一唤，是想把二十年前的凤儿唤回来。

“坐这儿吧！”天赐说。

梨花顺从地坐下来。他低下头，不愿她看见他名存实亡的眼睛。

“你没变。”天赐说。

梨花抹一把泪，说：“你也没变。”她觉得委屈冲天，可又不知道哪儿来的这股委屈，“咱都没变。”

她看了他女儿一眼。闺女睡熟了。

肆

栓儿和柳凤不管村里人的闲话，定亲才一个月就成亲了。他们对外头一致扯谎，说柳凤来这村之前他俩就定了亲。栓儿着急娶凤儿，是怕凤儿反悔。只要凤儿知道他夜里跑出去干什么，凤儿肯定反悔。他就这样向铁梨花招供的。

成亲这天，梨花在自己家的院里搭了喜棚，请了八桌客人。她在镇上雇了一个打烧饼的师傅，给客人们打葱油烧饼。客人们知道栓儿是梨花的干儿子，所以对她肯掏钱铺张都不觉得奇怪。女客人们问她，这是娶媳妇还是嫁闺女？怎么看她两头张罗。梨花回答说栓儿和凤儿都没母亲，她当然得两头张罗。

这时凤儿和栓儿在院子那头，给一桌年轻客人点烟敬酒，梨花正端着个大笸，往一个个桌上添馍，从柳天赐身边路过，脚踢了一下他坐的板凳的腿，悄声嗔他："还喝呢你？是你闺女大喜，不是你！"

他反而笑出了声，大声说："你来！坐这儿！"他拍拍自己挪出来的一截板凳，"咱俩也喝一盅！"

"别轻狂啊！"梨花笑着说，正要坐下来，看见牛旦端着一个木案板，上面放着一摞烧饼。他把烧饼倒在一个箩筐里，又转身出了大门，一面撩起围裙擦头上的汗。

铁梨花心里疼坏了。儿子居然不愿意坐到桌上去吃饭喝酒，宁愿帮烧饼师傅打烧饼。她跟天赐干了一杯，忙又起身。天赐央求她再坐一会儿，她推说得各桌招呼。

她走到大门外。门外垫出一块地，也摆了四桌席。两丈远的地方支了个烧饼炉子，烧饼师傅正往炉膛里贴烧饼。他喝了一盅酒，满脸通红，敞开怀，露出通红的胸脯，贴一个烧饼，拍出一声响亮的巴掌。她再一转眼，看见的是牛旦的脊背。那脊背佝的低低的，在案前揉面。

牛旦心里一定很难受。他嘴拙，心里想的嘴上一句也吐不出。假如他能像栓儿那样，多少给凤儿来几句甜的蜜的，凤儿或许不会那么快就嫁给栓儿。其实相处长了，牛旦的优点就显出来了，比如说他手巧、诚实、节俭，一块钱在身上装多久还是一块钱。

她为难了。她高低得安慰儿子几句，可安慰什么呢？她一面想着，一面便有口无心地跟桌上的客人嬉笑打诨。栓儿和凤儿走了出来，往烧饼案子走去。

"牛旦，你上这儿躲清静来啦？我们到处找你！"栓儿打着酒嗝说。

牛旦直起身，对栓儿笑笑。

“牛旦哥，俺仨喝一盅！”凤儿从她的新郎官手里拿过酒瓶，给牛旦斟满酒盅。

牛旦不伸手接酒盅，偏头把汗擦在肩膀上，说：“不行了，我都喝醉了！”

“看着也像，不然你这懒货会上这儿帮忙打烧饼？”栓儿笑道。“喝！”

牛旦憨憨地看看他，又看看凤儿，接过酒盅。梨花见他们三人同时干杯，嘘了口气。牛旦是好样的，他心里再痛，面上装得还算浑然。母亲旁观着，鼻子都为儿子发酸，同时还为他不平：跟栓儿两人站个并肩，模样派头不输给栓儿呀。

凤儿和栓儿又进门去了。梨花听见院子外面一个桌上的客人在说话。他用喝了酒之后特有的又响又破的嗓音谈论赵元庚老母亲去世的消息。

“……就是让一碗血燕汤送了命！所以说好东西是能吃死人的……”

一个人接着说：“赵元庚这人，别的好处没有，就是个大孝子。”

“大孝子再坏，都坏不到哪儿去！”

“肯定得厚葬啦——光老婆子一辈子收藏的宝贝，都能堆一间屋。”

铁梨花走到烧饼案子边上，听见打烧饼的师傅对牛旦说:“哎哟，这块面你咋老揉呢？该揉死了！”

牛旦就像听不见，两手还是一推一转，极有板眼地揉着那个已经滚圆溜光的面团。

“赵元庚是安徽人，恐怕老母亲要搬回安徽去葬……”

牛旦直起身，吸一下鼻子。

木器店在下午最清静，早上赶集送农具来修理的主顾们，这会儿已经把修好的物什取走了。梨花在街上买了几个水煎包子，用纸包托着，走进作坊。牛旦躺在刨床上睡着了。心里闷，觉就多，她又怜惜起儿子来。

听见她手里纸袋的声音，牛旦睁开眼，同时一骨碌爬起身。

“中午活儿忙，没顾上吃吧？看你就吃了一个馍。”她把包子递到他手上。

牛旦把一个包子填进嘴里，又把纸包推回给母亲：“好吃！”

铁梨花没动手，说道：“说你闷葫芦吧？就不会说：妈，您也一块儿吃！”

牛旦嘴里鼓着包子，眼睛直是眨巴。他辨不出自己说的跟母亲说的区别在哪里。他学母亲刚才的话说：“妈，您也一块儿吃！”

铁梨花笑了：“我这老实儿子哟！别难受，等妈和你把这个店撑下来，就给你说个好媳妇……”

“不说媳妇！”

“哟，天下除了柳凤，你谁都不要啊？”她想用逗乐子的腔调让他把这事看淡看轻些。

“就凭修理几张犁，几个大车轮，还想说好媳妇呢？！”

“那你想干啥？想敲疙瘩发横财？我是盗墓贼窝里长大的，也没见过敲疙瘩的发多大财。老老实实靠手艺吃饭，几十亩好地种种，一院瓦房住住，不比啥都美？”

牛旦不说话了。

店堂里进来了几个人，铁梨花正要出去招呼，牛旦说：“妈，你说，这位置该没错吧？咋就找不着呢？”

铁梨花心里一沉。儿子说的是那个巡抚夫人的墓。他对那个瓷枕头还没罢休。那天夜里全村人跑鬼子反，栓儿和他并不是像他们口头上说的，是跟人群跑散了。他们一定又去掘墓了。

她没动声色，打算先去说说栓儿。牛旦听栓儿的，戒了栓儿的盗墓瘾，牛旦也就有治了。她现在有了撒手锏：只要她威胁栓儿她会把他掘墓的事告诉凤儿和凤儿爸，栓儿一定会讨饶。

她回到董村从自家菜地扯了一把菠菜，又拿上母鸡刚下的几个鸡蛋，往小学校走去。

四十多个孩子坐在院子里，头顶搭了一个油布篷遮太阳挡雨。这是个老大老深的窑，窑屋里冬暖夏凉。课桌全是各家凑的高凳，孩子们的课椅就是摞起来的土坯。家家爹娘都图孩子们上学不跑远路而把孩子们送到这里。这样孩子们还能多帮大人照管地里、家里的活，还能饮牲口、放牲口。学了几天，孩子们就传开了，说瞎子柳先生学问好，又教得有趣，连音乐、体育都能教。不知他打哪儿学来那么多歌，一边拉胡琴一边教孩子们，把孩子们新鲜坏了。

铁梨花从宽大整齐的窑院过洞探出头，见孩子们还没下课，就悄悄溜着边走进厨房。天赐拉琴教唱正带劲的时候，也听出梨花走过去的脚步了，朝厨房的方向微微一笑。梨花在远处看不出他是盲人，恍惚感觉又回到了二十年前。

她把菜和鸡蛋放在厨房案子上，就进了天赐的堂屋。八仙桌上摊开的纸、墨整整齐齐，天赐盲了近二十年，习惯用手代眼的日子了。

黑狗跟着她进来了，伸出舌头哈气，两个嘴岔子往上挑，又巴结又亲热，狗的笑脸大概就是这样。梨花摸摸它的脑袋，轻声说："你撇下他跑这儿来干啥？我又不要你领路！"

黑狗还是不走，她往哪里挪，它往哪里跟。

"我不偷你家东西！瞧瞧这屋里，有东西叫人偷没有？……"梨花一面和狗说着话，一面用块抹布擦着窗棂上的土。从窗子往外看，她正看见过洞走出两个人。是孩子的家长。

她不愿意别人猜想她和天赐的关系，所以打算在屋里躲着，等家长们走了再出去。

凤儿挑了一挑水下来。她走到桐树下，敲了几下拴在树杈上的小铜钟。

孩子们仍然坐着不动。柳天赐大声说："下课喽！"大大小小的孩子这下才站起来，有的土坯倒了，哗然一片声响。

来的两个家长姓李，是村里的富裕人家。今天轮到他们给先生做派饭。他们放下装饭的篮子，就领着自己的儿子告辞了。凤儿挽留他们坐一会儿，李姓女人说，叫柳先生吃顿清静饭吧。又嘱咐饭篮子里装的有荤菜，别让它凉了，也别让狗叼了。

凤儿说："我们黑子才不会那么不主贵呢！"

柳天赐一面跟着凤儿送客，一面说："又做荤菜干啥？晚饭做个汤就行了……"

凤儿说："可不哟？派饭是天长日久的事，您家回回弄得跟过小年似的！"

李姓女人笑起来，说："看我们这闺女会说话不会？鸡是自家养的，一个也是养，一群也是养，宰一只也就给柳先生送只腿，有啥呀！"

晚饭一桌菜，真的成了过小年。梨花让凤儿捎了几张她烙的单饼回家给她女婿栓儿，又结结实实装了两大碗菠菜炒鸡蛋、萝卜丝炒粉条搁在饭篮子里，让小两口卷单饼吃。她催凤儿赶紧回去，她爸有她来照应。

"梨花婶叫你回去，你就回去吧，栓儿该回来了。"

凤儿走了之后，铁梨花和柳天赐一边吃晚饭一边有一搭无一搭地说话。虽然他们在二十年里寻找自己的魂那样寻找对方，可眼下单独在一块儿，都不敢打听他们最想打听的事，比如凤儿的母亲是谁，比如赵家是否知道他们三代单传的男娃还活着，比如梨花离开赵家如何带着孩子漂流的……

饭后天赐把胡琴拿过来，拉了一段《陈三两爬堂》，曲调在他的琴弓下变化万般，乍一听完全不同了，非常优美凄婉。

卧在一边的黑子，脸也悲伤欲绝，两个耳朵尖一抖一抖的。

“也不拉个让人心里带劲的！”梨花嗔他道。

天赐笑了笑，接下去拉。

“二十年咋就跟昨天似的？”他转脸对梨花说道。

“胡说。那时你拉琴就跟现在不一样。你还没告诉我，你的眼咋瞎的。”

“二十年里头的事，咱谁也不问谁，行不？”天赐说。

梨花把他的琴弓扶住。

“不行。”徐凤志的劲又上来了，“你伤的是眼睛，在彭家集你咋跑的？眼睛看不见……”

“你知道我是从彭家集跑的？”

“我在那儿住了半个月，几个小要饭的当我的包打听，打听来你是带着伤跑的。”

“你跑彭家集找我？上千里地呢！”

他一伸手，拉住铁梨花的胳膊，又摸索着把她的手压在自己两个掌心之间。

“有人来了，让他们看见了！”她带逗地吓他。

“叫他们看去！”

“听说你伤在头上，我可是真着了急。”

“到了队伍上，遇到的人还真不赖。一个姓曹的营长，见我能写会算，就没让我扛大枪打冲锋。把我弄到伙食团去，明着是做烧火夫，实际上是盯司务长的账。受伤就是往前沿送饭那回。抬下来医生说，不取出脑壳里的弹片，会有危险，取吧，取不好危险更大。两难。我没让他取。那时候我没想到会瞎。后来明白那弹片早晚是要我瞎的。我知道我早晚能找着你。”

“找不着呢？”

“那你就能找着我。”

梨花笑了，头歪在他肩膀上。

“让我找着你，可又看不见你，这是老天爷作弄咱。”天赐说。

“看不见也罢。老得跟块干馍似的，有啥看头！”

“谁老我都信，徐凤志不会老。”天赐说，手摸着梨花的脸颊，头发。“我呢？我头发白了没有？”

铁梨花的手在他早白的头发上拨拉一下，说：“没有！一根白的都找不出！说不定还能娶个大闺女，比凤儿他妈还姿烈！”

“你说柳凤？”天赐说，“她没妈。”

“我知道……”

“你不知道。”

“你啥意思？”

“我怕我闺女难过，从来没告诉过任何人。凤儿是我捡来的。你以为我娶了媳妇生了闺女？！我心里搁着你，谁还搁得进来？！”

梨花猛地推开他。他眼睛睁得大大的，似乎能看见她正瞪着他。她猛地又抱住他，呜呜地哭起来。一边哭一边捶打他。

“你这么苦自己干啥？你就是要我明白，我该着你天大情分，叫我永生永世还不了你这情分！”她又哭又闹，也不怕谁听见了。

天赐不辩解，也不躲她胡乱落下的拳头。二十年前他就知道，谁都别招她爱，她爱起人来野着呢；更不敢招她恨，她的恨更是野得没边。她渐渐安静了一些，哭还止不住。

“是我该你的情分。那时候，我家要不那么穷，早早盖上新房，早就把你娶过门了。”天赐说。

一说又触到她的伤口了。她哭得又狂暴起来。

他只好喃喃地说他自己的：“我就知道末了能找见你……你看，不是找见了吗？”

“你该死！”她突然说，“找不着我，你为啥不娶个媳妇？你眼睛不好使，娶了媳妇她不是能照应你吗？！你苦熬二十年，熬得没一根黑头发、又老又瞎，才来找我，让我看着心亏理短！”

“你说什么？”

他寒心的声调让她冷静下来。

“你说我没一根黑头发了？”

梨花再次抱住他。这回她一声不吭，把脸埋在他颈窝里。

天黑的时候，铁梨花从柳天赐身边起身。她真是舍不得他身上那股温温的热度，还有那股“天赐气味”。二十年前她就跟自己的姐姐凤品说，柳天赐身上有股香气。凤品笑她说傻话，哪有男人是香的：除了烟臭就是脑油臭，再加上脚丫臭。现在她想，一个清风道骨如天赐的男人，身上没乱七八糟的任何气息，大概就是香的吧。

“不回去了吧？”

“想留我，你得先扎花轿啊！”

“这么大岁数还弄那？”

“花轿得扎，我可不能不明不白就睡你床上了。”

“行。那我等学校办扎实了，就扎个八抬大轿来接你，说定了？”

“定了。”

两人虽然是逗耍口气，但都明白这比山盟海誓还算数。从这一晚开始，铁梨花又像当年头一次跟柳天赐定亲那样，一天一天算日子。最多一年，天赐和她就能做光明正大的夫妻了。

收了秋庄稼后的一天，保长让各家出一个男丁到村公所去。董村是个七八百户的大村，村公所被小伙子们吵翻了。大家都在跟保长闹，说一年抽两回壮丁签，各家还种不种地？不种地拿什么交税？拿什么交这大帅那老总派的粮？

保长是个四十岁的精刮瘦子，常常在庙会上票戏演旦角。他请求小伙子们不要和他闹，他和他们一样愤愤不平，因为他亲侄儿也在抽签行列里。

牛旦和栓儿最后进来，一见这阵势栓儿就想溜。保长一眼看见他，说："陆大栓，要是能溜，这儿的人不都溜了？又不比你傻……"

栓儿只好耽搁下来，找个角落，脱下鞋往屁股下一垫，坐下打盹。牛旦看一些人还在和保长闹，在一边凑了会儿热闹，也挤过来，脱下鞋挨着栓儿坐下。他从口袋里拿出一枚古旧的铜钱，叮叮当当在砖地上掷。

"耍赖，啊？"栓儿偷虚着眼看他，"赢的算数，输的重来，是不是？"

"五把三胜！"牛旦说。

"快拉倒吧，我看你少说输了六把。唉，你停停。"栓儿郑重地看着牛旦，"我要是中了签，你可得帮我照顾凤儿和她爹。"

"我又不是算壮丁的卦。"

"你不怕中了签去当壮丁？"

"怕呀！怕有啥用？"

"那你算啥卦呢？"

牛旦不说话了，接着掷他的铜钱。栓儿明白了，他凑到牛旦耳朵上说："来不及啦。"

牛旦看看他。栓儿又凑上来说："你想敲了那个疙瘩，就有钱行贿，保长就不抽你的签了。来不及了。"

牛旦说："我才不算那个呢？"

"那你算什么？"

牛旦不理他，闭上眼，嘴唇下面咬的字只有他自己明白，然后他一松手，又把铜钱抛起，眼看它落下，又滚了两步远。他捡起铜钱，哈哈地笑起来。栓儿觉得他的脑筋对付牛旦一直挺富裕，最近却显得不够用。牛旦似乎深藏不露起来。

抽签的结果一宣告，牛旦中了签。

消息是柳凤带到上河镇的。铁梨花正在给店铺打烊，凤儿骑着借的小叫驴跑来，没到跟前就叫："梨花婶，我牛旦哥中了！"

铁梨花心想，她太疏忽了，忙栓儿和凤儿的喜事忙得分不出神，忘了请保长喝喜酒，也忘了给保长"上供"。村里有点钱的人都在收秋庄稼之前早早把保长打点好，该送烟土送烟土，该包大洋包大洋，等秋后征壮丁的一来，保长拿出一部分烟土、大洋再去贿赂征兵的爷们。

"牛旦人呢？"她上去拉住凤儿的驴，让她跳下来。

"正打架呢！帮着栓儿跟保长的人打！栓儿开始还跟保长理论，几句话说急了，就给了保长一拳。这就打起来了。保长有乡丁啊，还有征兵的老总，一打打成了群架，牛旦哥为了救栓儿，挨了当兵的一枪托！……"

凤儿的话在梨花耳朵里成了呜呜噜噜一团。她只听见牛旦伤了，栓儿也伤了。

等她和凤儿赶回董村，牛旦和栓儿已经在家里了。是牛旦把栓儿背回来的。他挨了一枪托的额头上，一根布条缠得乱七八糟。栓儿伤了好几处，腿上给刺刀戳了个口子，把牛旦的床染得都是血。

“叫我看看——”梨花已把栓儿抱在怀里，用手轻轻掀起让血弄得黑红一片的裤腿。谁也没料到她的狠与快：她已经把那条裤腿扯开了，露出血盆大口般的刀伤。

“梨花婶，我没事。您得赶紧想个法子，不然牛旦明天早上就要随军开拔了！”栓儿说。

铁梨花只是吩咐凤儿去她房里拿白药和烧酒，又接着查看另外两处刀伤。

“娶了媳妇的人了，不能血一上头就跟人打去！”梨花说。

“不打他？！王八羔子明摆着欺负牛旦！”栓儿说。

“打了牛旦不是还得充军去？”梨花说。她的眉一拧，似乎瞧不上栓儿这股仗义和勇猛。“皮肉往刀尖上撞啥呀？那是它没扎准，扎准了你撇下柳凤咋办？”

栓儿不言语了。过一会儿，白药敷在了他的伤口上，他才说：“甭说啥了，婶子，赶紧给牛旦想法子吧。”

凤儿说：“不中牛旦哥就跑？”

栓儿说：“已经算他是军队上的一号人了，那抓着还不枪毙？

他还能老跑在外头不回来？再说梨花婶子呢？这房和地呢？叫你拿房拿地抵牛旦，咋办？”

“牛旦，”梨花说道，“这白药你也吃点。”

牛旦懵懂地：“啊？”

母亲发现所有人都操儿子的心，就儿子自己不操自己的心。他没事人似的，很奇怪大家在慌什么。

铁梨花架着骡车跑到董家镇上。镇关外有一所房，写着“杜康仙酒家”。进门穿过店堂，就是个天井。一面女儿墙后面的三间北房都点着灯。这儿是远近的人聚赌的地方。见一个女子进来，所有男人都愣了。酒店的小二这才追在梨花身后进来，一连声说吃饭在前面。

“我不吃饭。”梨花回答小二，又对他说，“看着我干吗？我不能玩玩？”

她眼睛扫了一眼烟雾中的面孔，然后瞅准一张，走了过去。她搬了把凳子，往一桌人边上一坐，掏出烟杆，正要摸火柴，赌桌上一个男人替她点上了烟。

这桌坐的人里，有个名人，叫彭三儿。这儿的人们都知道他靠什么挣钱。这儿的人没一个是从正路挣钱的，但谁都对逃兵老油条彭三儿挣钱的法子很敬重。彭三儿替人顶壮丁，顶一回收三五百大洋。打死就死了，打不死三五百块大洋够他来这里玩一阵。他赌风特坏，别人不敢大赢他，赢急了他会玩命。

这时彭三儿正背运，一块怀表押的钱刚刚输掉。他掏出一把伯朗宁手枪搁在桌上，对一个对家说："喏，这个先押给你，你借我三十块吧。"

对家把枪拿在手里，掏出三十块钱，拍在桌上，"三儿，这枪卖给我算了。"

"卖给你我使啥劫道去？"彭三儿笑道。他三十岁的脸膛上长着刀刻似的抬头纹，眉眼鼻梁都还是俊气的。要不是表情里时时透出的歹和赖，他也称得上相貌堂堂。

"三儿老弟，下回再逃跑，多偷两把枪，黑市上卖值钱着呢！"另一个男人说。

"你狗日的吃根灯草，放屁轻巧。"彭三儿说："你以为跑一回那么容易？壮丁都是绑着送上前沿的，刚学会开枪就叫你打冲锋。一仗下来，脑瓜还在，你才给编到班里。那时候你才能寻摸时机逃跑。老兵们都知道壮丁里有咱这号人，盯得紧着呢……"

一边说话，彭三儿又输了。彭三儿眼珠子红了，脸也红了。他面前突然出现一个金戒指。一扭头，见铁梨花坐在他后面。

铁梨花笑笑说："输了算我的。"

彭三儿打量着这个女人，一时看不出她的岁数、出身，也看不出她属于在场的歹人，还是属于这时已经吹了灯睡觉的好人。

"别看了。我姓铁，叫铁梨花。这个戒指送你玩，将来赢了我要利息。"她半真半假地说。

几分钟之后，彭三儿把戒指也输了。他刚要转头向铁梨花抱歉，一个镯子又搁在他面前。

“梨花大姐……”彭三儿心虚地笑笑。人们从来没见过彭三儿这种笑法。

“输了算我的。”铁梨花还是刚才那个口气。

彭三儿忽然想到什么，转过脸看着这个年龄难测的美貌女子。

“大姐您有事求我？”

“那当然，不然我吃饱撑的？”说完她站起身，“我在隔壁等你。”

隔壁是个让人吃点心、休息、和窑姐讨价还价的所在，还搁置着两扇屏风，上面的绸子全让烟熏变了色，破的地方贴着纸。铁梨花一进来，就打发那个小跑堂把躺椅上的单子抽掉，铺上干净的。小跑堂说干净不干净，就那一张单子。铁梨花说，那就找些报纸垫上。

彭三儿进来的时候，铁梨花靠在垫满报纸的躺椅上，由小跑堂给她捶腿。

“大姐咋知道我在这儿？”

“像你这种人，还能在哪儿？”她指指旁边的椅子，叫他坐下。又掏出两文钱来，递到小跑堂面前。等小跑堂的脚步声远了，她又说：“听说你上回差点没跑掉？”

彭三儿说：“可不是，帽子叫打烂了。不过我可贼，是用扫帚挑着帽子蹲着跑的……您见过蹲着跑的人没？我蹲着跑，得比人家直着跑还快。”

“挣的钱又花光了？”

彭三儿马上嬉皮笑脸：“这不，您又送钱来了。”

铁梨花：“你要多少？”

“是您儿子，还是相好？”他嬉皮笑脸地把自己的头凑近她，“要是您儿子，我就少要点。这个数——”他叉开五指。

铁梨花从躺椅上支起身子，一只脚去摸索地上的鞋：“去年不才三百吗？”

“大姐您看我连五百也不值？”

她真看他一眼，说：“值。”她脚尖摸到了第二只鞋，踩着站起身，“可我得有五百块呀。就那点首饰，还让你都输了。”

“要不看您这么仗义，我的价是六百呢！”

梨花在外面打听了，顶个壮丁的确要五六百块。她扯扯衣服，往屏风外面走，却让彭三儿一下扯住了袖子。

“那咱四百五，咋样？顶壮丁是拿小命赌呢！我这命也是老娘十月怀胎生下来的。”

“我不是跟你说了？你值那个钱。可我得有哇！”

“你有多少？”

“就三百。”

“三百五。”彭三儿说。

铁梨花还想再杀杀价，彭三儿开始解开他的衣领的纽扣，一边说道：“三百五，您儿子的命就保下了。您儿子的命三十万也不止，他娶上媳妇给您添孙子，给您养老送终！他去当了壮丁，您等于输掉了三十万！您看看，您花了这三百五……”他终于把肩头上一块还没长好的伤疤给扒拉出来，“您儿子就不挨教官的皮鞭了。打枪打不好，刺刀上不好，走步走不好，他鞭子就上来了。伤口再一烂，长不上，就成了这样……”

那块疤要多丑有多丑。

铁梨花眉头一紧，快吐出来了。她说：“行，三百五——让你个狗日的称心一回！”

说完她快步走出了屋子。她知道在一夜间凑出三百五十块钱几乎不可能。答应彭三儿是她想到了张吉安。张吉安也许会帮她，但她因此就欠下了天大的人情。这人情她再用什么去赎？用钱是赎不了的。

夜里一个女人家赶十里路十分不明智，但梨花顾不了了。到了上河镇就跟进了个鬼城似的，所有窗子都黑着。这正说明这个镇上的人正派。远远看见张吉安的房子了，楼上似乎还点着灯。她走上去，心想自己可是送上门来了。她把骡子拴好，再走过来拍门的时候，楼上的灯却熄了。

拍了好一阵，门才开了一卡宽的豁子，一个伙计手上擎个油灯，身子缩在临时披的长衫下面。

“找谁？”见她是个女子，伙计把门开大了些。

“张老板在不在？”

伙计把各种身份往她身上安了一遍，才回答：“张老板在城里。”

铁梨花伸出一个尖利的胳膊肘，把伙计往边上一捣，自己就要往门里走。

“唉，对不住，没请您进呢！……”伙计说。

“那就快请吧。”她说，笑模笑样的。

伙计缠不过她，让她进到厅堂里了。

“你住楼上？”她问，一面打量着厅堂。

“我就住这后头。后院还有仨伙计。”

梨花还是笑模笑样的：“这样吧，我在这儿等着，你骑我的骡子去把张吉安先生找来。”

“这可难死我了——张老板在洛阳、津县都有房，有时他还上北京、下南京，我去哪儿给您找？”

她把十块大洋拍在一个高几上，说：“找不着，我不怪罪你。”

“不中……”

“你要是怕我偷你这店里的破烂，再喊楼上的伙计来看着。”她指着店堂里摆的古董，“这些你送我，我都懒得往家扛。”

“伙计们都住后院。”伙计瞪着这个细高的女子：她可不像在胡扯。

“咱们这块风水宝地，我闭上眼给你指块地方，你只管挖，挖出来的都胜它们十倍。你还别不信……”

“我信！”一个人在楼梯上接她的话茬儿。

伙计和铁梨花一块儿转过脸。伙计一脸惊诧，铁梨花抿嘴一笑。张吉安身后还跟着一个戴金丝眼镜的中年男人。

伙计说："老板您没走？"

张吉安不答他，只看着铁梨花：她知道他在楼上，这点他明白。

"虎子，"张吉安对伙计说，"打上灯笼，把尹医生送回去。"他转向梨花，指着那个伙计，"你别怪虎子。我本来不打算在这儿过夜，盘弄一批货晚了，兵荒马乱的，怕路上不安全，临时决定住下来。"他转向尹医生指着铁梨花，"这是我二十年前交下的朋友。"

尹医生十分谦谦君子，一点猜测的神情都没有。他向铁梨花打个揖，说："幸会。那我告辞了。"

伙计和客人出去，张吉安看一眼铁梨花："看你急的，什么事？咱们上楼谈吧。"他一见她为难，似乎也意识到孤男寡女一块儿上楼的暧昧来，便改口说："要不咱们就坐这儿谈？我这里的东西值不值钱另说，布置得还不俗吧？"说着他走到椅子前面，手指指对面的椅子。

铁梨花顾不上含蓄，出口便问他能不能借她三百五十块钱。她从随身带的小布包里拿出地契，意思是用她的二十亩田产做借款抵押。

张吉安沉默不语，脑袋侧低着。等他抬起头，她见他似乎受了什么伤害。

"五奶奶……"他说。

“别这么叫我。”

“可您这么见外，让我只敢叫您五奶奶。”他苦楚地说，“我虽然不是腰缠万贯，三四百块钱还拿得出，送得起，用得着抵押什么田产？”

他也不看她的反应，径自上楼去了。他当然知道梨花是感动的，也是窘迫的。他在楼上的保险箱里取了张洛阳某钱庄的银票，是“四百圆”，快步下楼来，往梨花面前一放。

“要有节外生枝的事呢？多五十块方便些。”

梨花心里又暖又窝囊：受了这么大一份情，怎么就像被人将了一军似的？

“张副官……”

张吉安两道目光刺过来：“您不愿我称您五奶奶，您也别称我张副官。从今往后，我们直呼其名，好不好？那段往事让你我都好不愉快。”

“对不住，叫惯了。”铁梨花说，心里更是又感动又窝囊。你看，拿人家钱，嘴马上软了，人也贱了。“我就叫你吉安大哥吧。”

没来头地，张吉安一下抓住梨花的手。但他感觉到她的不从，马上又放了她。

“还不是时候，是吧？”他看着她说，“我不急。等了二十年了，再等它几年，又有何妨？”

铁梨花没料到自己会如此心乱。

“二十年前，我在饮马河边没等着你，都不知道自己这一生还能不能再见到你。”

她想，为一个不知能否再见面的女人，他也是二十年不娶。或许这里面有别的缘故？但不管怎样，这份情还是值得她珍视。

“张副官，您是读了书的人，我这样的乡野女子……”

张吉安笑了笑，表示他心里很苦：“咱们说好直呼其名啊！”

“吉安大哥，您的情义我领了。不过我的性子您也知道一点儿：我无功不受禄。钱一筹齐，我马上还您。”她说着已不容分说地起身向门口走去。

张吉安送她出门，不急不缓地说：“君子报仇，十年不晚；君子报恩，也该是十年不晚。梨花这么急于报恩，可有点俗了。”

铁梨花头一犟，笑了：“俗咋着？吉安大哥肯定知道我是谁的女儿。盗墓人的后代非得沾人间烟火气，不然便是七分鬼三分人了。人间烟火气，说白了，就是俗气，活人气。”

她这张脸在张吉安打的灯笼光里，确有几分鬼魅的娇俏。

“别送了。”她说。

“你不想免俗，那我就大俗：我要一直把你送回家。”

“我怕谁？”她哈哈大笑起来，“你该嘱咐我路上别劫道，别杀人！”

说着她一跃上了骡子的背，脚一磕，骡子像战马一样跑了出去。秋天的好月亮下，她和骡子还在青灰的石板路上拖出暗幽幽的影子。

路过董家镇时，老远就听见狗咬成一片。梨花赶紧从骡子上跳下来。她把牲口牵进一个榆树林，拴上，又轻手轻脚向镇子里走去。她发现街上有几个背长枪的身影。再走近些，她看见那些背长枪的是日本兵和汉奸兵。董家镇戒严了。无非又是查什么抗日分子。

铁梨花等了好大一会儿，日本兵仍没有撤的意思。她看看月亮和星星，又摸了一下地上的草，露水刚开始下，她知道这是早上三点来钟。离天亮还有一个多钟点。

再不进镇子去找彭三儿，恐怕来不及了。她急得口干舌燥，背上出了一层细汗。

日本兵到天亮才带着他们抓到的几个无业游民撤走。大概是谁把他们当抗日分子供出去的。铁梨花心想，谁说鬼子、汉奸什么好事也不干？他们这不是帮忙清理了几个恶棍。她走进“杜康仙”时，发现鬼子们把这里抄了底朝天，里外已经没一个人了。

她正站在天井里发愣，听见一个声音叫她：“大姐！”

声音是从树上来的。那棵老槐树一个人抱不过来，也不知彭三儿怎么爬上去的。再一看，树对面有一挂秋千。这个人实在天分太高了，从谁手里都逃得脱。

彭三儿从树上蹦下来，说：“您看，我这人就是守信用……”

铁梨花不跟他废话，扯着他就往外走。

“大姐还没给钱呢！”他甩开她。

“我能不给你吗？”她飞快地从贴身口袋里摸出那张银票，递给他。

彭三儿拿着银票左看右看：“我不要银票。我要听响的大洋。这银票要是假的，我不是白白送死？”

“这不是钱庄的印吗？”

“您知道咱这儿巧手有多少。假古董做得比真古董还真，刻一个银庄的印费啥事？”

“那你想咋着？”

“把钱庄的门敲开，兑现。”

铁梨花手里这时要有刀，一刀就上去了。

他们到了镇上唯一一家钱庄，敲开门，一个伙计说，钱庄哪里会有这么些现大洋过夜？他看看那张银票，担保彭三儿，下午一定给他兑现。彭三儿非要叫醒钱庄老板。老板也担保他，过了晌午就有现钱。铁梨花紧紧咬住牙关，生怕自己冒出什么话激怒彭三儿。这类浑子就是挣你着急、绝望的钱。

终于，钱庄老板给彭三儿兑出五十块现洋，又把剩的三百五换了他的银票给了彭三儿。

铁梨花拽住一个赶早的骡车，塞给车主一块银洋。她把自己的骡子系在车旁边，叫它跟着跑，她得押着彭三儿坐在车上。

太阳露出个头顶时，骡车在董家镇通往董村的土路上驶得飞起来。彭三儿想起刚才他没仔细点查那五十块钱，这时解开用他衫子打的包袱，一块块地查点大洋。骡子给鞭子抽急了，从一条沟上硬跳，把彭三儿膝上的钱颠到了车下。彭三儿直叫唤停车，铁梨花不准车把式停，一面对彭三儿说："回头我赔你！"

彭三儿不肯相信，也不顾车七歪八倒地飞跑，就要往下跳。铁梨花手快，抓了车上一根麻绳，打个活套。彭三儿正把一条腿往车下出溜，铁梨花在他后面把绳套套在他脖子上，说："跳我就敢让骡子拖死你！"

彭三儿回过头。他跟多少人耍过赖，从来没人赢过他，这回却栽在这个女人手里。女人在早上光线里脸色银白，头发上不知是汗水还是露水，湿湿的几缕垂搭在额头上和眼皮上，美得有几分阴森。不知为何，彭三儿乖乖地坐回到她旁边。

还没进家门就听见他们刚来的那条路上有了动静。几十条狗高高低低地咬起来。狗听得出村里人还是外人。是保长带了征兵的伪军部队的老总军人们从镇里进村了。

她交代了栓子和牛旦绝不要露头，然后定了定神，给牢骚满腹的彭三儿装了一锅好烟。还来得及给他打几个冰糖荷包蛋。等她把一大碗鸡蛋送到彭三儿手里，保长就在前门叫喊。

"别急，吃你的。"她对彭三儿说，一面用梳子梳着自己的头发。"你是把脑袋掖裤腰带上挣我这点钱。我得给你送行。"

彭三儿看着她。这个从来没人疼过的无赖眼圈红了。

"欠你那五十块钱，我说还你一定还你。"她从身上摸出一个红布包，打开，是个小娃子的红肚兜。里面包了一个金锁头。"这是足金的。我孩子满月那天，我给他买的。能值个几十块钱。是个长命锁，图个吉祥吧。”

彭三儿拎着金链子把金锁头拿起来，还没说什么，铁梨花已经飞快地走出去了。

“来了，来了！”她对大门外的人叫道。

打开大门，保长见他面前站着披长发的中年女子，一把桃木梳子咬在嘴里。保长看到女人的眼里有一个意思，但他解不了。都说这女人眼睛不是黑的，有点鬼火似的蓝绿。他倒是看不出，只在心里叹息它们美得冷艳，美得妖媚。保长后面，四个全副武装的大兵站得笔直。

“听说昨晚日本兵来了，老总们辛苦，打日本了？”铁梨花笑眯眯地，把他们让进门。

“铁牛起来没有？”保长问道，“队伍都要开拔了，可不敢当逃兵啊！”

“保长说啥呢？保家卫国，还我河山，咱都明白。我们牛旦儿当兵，祖上都沾光了！”铁梨花说道，唱似的嗓音，让几个当兵的和保长都明白，她就是在呕他们，恶心他们当日本鬼子的走狗。

“牛旦儿！走啦！”保长给这个女人刺得没了脸面，直是扬嗓子壮声威，“人家早就在镇上集合了！”

“牛旦儿，你还想逃哇？老总们枪都架好了，逃兵格杀勿论！”铁梨花给保长敲边鼓。

北房最西头的门“吱呀”一声开了，走出来一个面色发绿的汉子，少说有三十二三岁。保长刚要说什么，他旁边的这个妖媚女人妖媚地看着他，话却是对那汉子说的：“牛旦儿，咋不给保长请早安呐？睡过头了，公鸡打鸣都没听见，差点老总就对你格杀勿论了。”

保长直着眼看着铁梨花。

她也不让步，直瞪瞪看着他，嘴上还有话：“早知道昨天夜里日本鬼子来，昨天晚上就该让俺牛旦穿上军服、扛上枪的。说不定昨晚就做了功臣了，是不是，牛旦儿？”她转脸对彭三儿笑道。

大兵们有些蹊跷，看看保长又看看这个气度不凡的中年美女。

铁梨花又说：“俺们可不敢逃兵役。谁不知保长大人公道，抽签子从不做手脚？俺们逃了壮丁，不是让您保长受牵累、吃不了兜着走吗？俺们知道这年头最不好当的一是婊子二是保长。大兵逛窑子都不给钱，保长拉壮丁两头不落好，您说我说的是不是？”她一面说话一面给昨晚才结识的赌棍彭三儿梳了梳头发。又从石凳上拿起一双新布鞋，交到彭三儿手里。谁看她都是母亲在为儿子送行。

保长知道，现在他戳穿这场“调包计”，为时也过晚了；他该在头一眼看见彭三儿时就戳穿它。为时过晚，那他真的会两头不落好。

保长：“快点吧，啰里巴唆的！”他认了输。

等保长和四个当兵的带走彭三儿，铁梨花回到屋里，一屁股坐在桌旁，再也起不来了。牛旦走过来，听他母亲自言自语:“彭三儿这货，三百五十块钱还真不好挣……我腿都软了。”

“妈……”

“去给妈沏壶茶。”

伍

人们都说今年的雨邪，秋庄稼收完了它还下个没完。孩子们的课堂不能开在院里，只能在最大的两间窑屋里点上煤油马灯上课。柳天赐一人从这间窑屋跑到那间窑屋，布置这边的学生读课文，又布置那边的学生写生字。若不是栓儿伤了腿，凤儿得在他身边照应，凤儿倒可以做个代课老师。

柳天赐有好几天没“见”着梨花了。再“见”着她的时候，她声音有点沙哑，听上去还心事重重的。牛旦的壮丁不是已经让人顶了吗？她哪儿来这么重的心事？

“梨花，你要抽不开身，就别给我做饭了。凤儿晚上都会来看看。”

“你别叫那名儿。它不是你叫的。”

“别人不都叫你梨花？”

“你也是别人？”

“徐凤志，”他笑着说，“我也觉着我爹给你起的这个名儿好，配你。”

她没作声，拉住他的手，用一块热手巾替他擦了擦。他的手就那么乖乖地摊在桌面上，直到她把一块卷了生菠菜、蘸了蒜汁的饼放到那手上。

“真香。雨下这么几天，菠菜没给泡了？”

“嗯。”

他心想，这叫什么回答？“嗯”，是泡了，还是没泡？她心事真不轻呢。

“是借的钱还不上？”他突然问道。

“嗯？”

他想她这回听见了，用心了，就是不愿马上答他的话。“我听栓儿说，你跟一个古董贩子借了四百块钱，给那个顶壮丁的？”

“栓儿嘴咋这么快？！”她说。

他知道她是个有脾气的人，谁瞎操她的心，她的脾气都会上来。两人都听见大门响。天赐再一听，马上叫起来:“凤儿来啦？”

凤儿没进屋就在院里叫 :“爸你在吃菜馍呀？我梨花婶子做的吧？”

“一块儿吃点儿！”梨花朝进来的凤儿说。

“我来看看院子要不要垫垫……”她用手巾抹了抹脸上的雨球，“这雨老烦人呀！下了七八天了！……”

铁梨花又往桌上摆了一双筷子，一个碗。“来吧，先吃两口。

栓儿的伤好了没？”

“好多了，不用拐杖了。今天还出去了一趟。”

“可不敢淋雨。伤还没长上呢！”梨花说。

“他会听我的话？”凤儿一噘嘴。听上去她委屈，其实她是为一个主意大的男人得意。“我跟他说，今晚我过来陪我爸住。他一会儿也过来。”

“这窑塌不了，你俩跑来干啥？”

“雨下得愁人。真塌了窑再往这儿跑不晚了？”凤儿说，“爸，秋天有这样下雨的吗？”

“稀罕。”天赐说。

铁梨花抽了一袋烟，起身收拾碗筷。天赐想说，你一个饼也没吃呀，但又不想说。他不愿意老去点破她的心神不宁。他感觉她一定有事瞒着他。一定是跟钱财有关的事。他帮不上她，瞎劝只能给她添心烦。

“东头的李家——就是我那学生李谷水的父亲，这两天买了几亩地……”天赐说。他心里后悔，不该这样试探一个聪明透顶的女人。他无非想提醒她，实在还不了那笔顶壮丁的钱，不是还有地能变卖吗？还值得她愁成那样？

“李谷水家早就想买那几亩水浇地了。”凤儿说。

铁梨花果然烦了，冲天赐提高了嗓门：“我买那些地是为什么呀？为咱们都能做安全的正经人。我爹就是一生没有地，才破罐子破摔，干那叫人瞧不起的事。我置下这点地容易吗？还没咋的就卖！今天能卖三亩五亩，明天就能卖十亩、八亩！卖了又怎么办？我领着你们敲疙瘩去？体面人凭什么体面，就凭脚跟稳稳妥妥地站在自己的地上！”

天赐不作声了。他心里承认她是占一半理的。凤儿也不敢作声，她早明白这位梨花婶子心气高，性子要强，主意大起来是个大丈夫，自己男人栓儿和牛旦都敬她惧她，自己父亲也让她三分。

铁梨花走了之后，凤儿翻了翻学生们的大字功课，拿出红墨，圈点起来。学生们的大字都写在旧报纸上，家境好些的用黄表纸，批改了不到一个钟点，她眼睛就发花。她把父亲的洗脚水打好，又服侍他洗了脚、替他拉好蚊帐，才又回到堂屋。

雨停了。三丈多深的窑院一点风声也没有。她想栓儿怎么也该回来了。栓儿临走前说贩的一批烟叶到了，他得去看看货。

凤儿一觉睡醒，栓儿还没回来。她披上衣服坐起身，手心急出一层汗。坐了一会儿，听见窑院的大门轻轻开了，又关上，她的心才落下来。

她的房门外有人敲。敲门的人叫道：“凤儿，开门。”

凤儿听出是铁梨花的声音。她赶紧起来，把门打开。铁梨花手里拿着一盏灯笼。

“婶子您怎么来了？”

“怕你胡思乱想，心里怕呗。”梨花笑笑，走进凤儿做姑娘时的闺房，“你放心，栓儿是让生意给耽误下了。”

“您咋知道？”

“牛旦一块儿去的。”

“牛旦哥也做烟叶生意？”凤儿问道。她的神色告诉梨花，她从没听栓儿或牛旦提过呀。

“外头有月亮了呢。”铁梨花说，“你睡吧，我听着门。”

“睡不着。”

“不相信婶子的话呀？”

“那您知道这两人到底去哪儿了吗？”

梨花从窑洞墙壁上掏出的一个小方柜里取出针线笸，里面还有凤儿做闺女时没绣完的鞋面。她把油灯点亮，火头捻大，接着凤儿的活儿往下做。

“睡吧，啊。”她见凤儿两只眼就是不放过她，便笑起来，“要是这俩小子逛窑子、下赌窑，我替你用这针扎他们！”

“您知道他们去哪儿了？”

“去哪儿天亮前也会回来。”她为了省灯油，把灯芯捻得很短，眯了半天眼，才扎一针。“这么跟你说吧，凤儿，栓儿是怕你婶子还不了债——先欠了人家张老板一大笔钱，又欠了保长一大笔人情。在保长眼皮子下调包，保长他凭什么给你那么大担待呀？保长没事还想揩你三两油呢！他帮你蒙混，让个逃兵油子替牛旦充军走了，他不会跟我少要酬劳的。栓儿和牛旦就是替我弄这笔钱去了。”

凤儿更狐疑了，追问道：“您说弄钱，啥意思？上哪儿能一下弄这么多钱？”

“上死人那儿呀！”

凤儿以为自己听错了。

梨花婶子在灯光下气定神闲，一针一线地往下走：“闺女，你以为婶子靠那几亩地能盖起那么一院瓦房？”

凤儿不是狐疑，而是惧怕起来。

“婶子十年前就没拿过洛阳铲了。手再痒痒也不去碰它。不单我不碰它，我也不准牛旦和栓儿碰它。要不是这回欠了债，说破天我都会拦住这哥儿俩。欠钱的这两个人，是绝不能欠的。”她从鞋面的刺绣上抬起眼睛，“凤儿，事先没跟你说，是婶子我的过错，你千万别怪罪栓儿。”

“栓儿娶我之前，就干过这事？”凤儿上了当似的，并不接受梨花的歉意。

“你听我说：栓儿答应过我，他娶了你之后，再也不去拿洛阳铲……”

“人家把这种贼看成最下贱的一种贼！”

铁梨花挨了一鞭子似的。挨别人骂没这么痛，挨这个年轻女娃——一个她疼爱、器重的女娃的骂，她头一次感到卑贱。

“你就冲婶子来吧，别去说栓儿，啊？”

凤儿看着梨花的脸，她那双又大又深的眼睛简直宛若别人：不是那么冷艳、咄咄逼人了，而是母性十足，像一头刚产驹子的母马。

铁梨花决定亲自挂帅探墓，是在征兵的人把彭三儿带走之后。她的突发奇想让她下了这个决心。顺着干涸的古河道往山上走，在一处石头滩上，她证实了自己的奇思异想。她记得父亲念叨，县志上记载了道光五年的一场暴雨，山洪冲了五十多个村子。那时这条古河道的水势一定很大。石头滩是它改道时留下的。山上的水把山上的石头冲下来，阻止了河水的流向，河水在此处向西南偏去。原本是不经过董村、上河的河水，眼下就是这条又窄又浅的河。它只有在夏天的暴雨时才会有它原先的威猛。

想在现在的河岸找到巡抚夫人的墓，当然白搭功夫。明朝这里还是庄稼地。她找了两天，才把改道前的河床找到。还是雨水帮了她的忙，从山上下来的水自然而然显出一条地势低洼的河道。山势徐缓，但远处的山埂大致形成一个美人榻的形态，北边的山埂就是榻的靠背。梨花父亲从书中读到的有关这位巡抚夫人生前习性之一，那就是长期卧在美人榻上。爬到山埂上面，应该能看出这个美人榻的完整形态。坐北朝南，在“枕头”的方位，铁梨花果真找到了几棵桑树。大部分桑树已经死了。最后一代守墓人迁走后，没人护养，桑树在缺潮气的地方不爱活。

江南美人就葬在这一带。铁梨花把自己的估算告诉了栓儿和牛旦。

雨也下累了，下到第八天歇了下来。铁梨花让他们天一擦黑就下洛阳铲。恐怕雨歇歇还会再下，得赶在它之前完活儿。

栓儿和牛旦带着黑子来到“美人榻”上。树林子多是榆树，从树缝里看，能看见远处山坡上，有几块开得很漂亮的梯田，不知是哪里来的灾民偷着在那儿开的荒。梯田被大雨冲坏了不少，若是白天，会有人在那里给梯田垒石头，把土屯住。

栓儿和牛旦动手不久，从云缝里闪出个白净的半轮月。这里离双井村不远，他们刨挖的声响大一点，就引起一两只狗狂咬。村里的狗一咬，黑子就在喉咙根发出“呜呜噜噜”的吼声，栓儿得不断呵斥它。

大约两个多钟点过去，洛阳铲提出的土里有了砖渣。两人劲头大起来，都劝对方歇着，自己挖掘。

月亮突然就没了。所有的树一动不动。栓儿这时在刨了两丈多深的坑下面说：“又下雨了？”

牛旦说：“还没，快了。你上来，我下去换你。”

栓儿在下面说：“哎呀，有石灰味了，闻着没有？”他把一大筐土让牛旦拽上去。

黑子凑到那筐土上嗅了嗅，鼻子对着它很响地喷了两下。

牛旦朝坑底下说：“黑子都嗅出老墓道的臭味了！”

栓儿说：“梨花婶子多本事！瞅准的地方都错不出三两丈去！她肯定站在这地方头晕乎了！”

牛旦说：“上来吧，你没劲了！待会儿一下雨就不好挖了。”

一丝不挂的栓儿被牛旦拽了上来。又把脱得一丝不挂的牛旦系到坑下。两人小时候吃奶不分彼此：栓儿母亲奶过牛旦，梨花也奶过栓儿，这时他们掘墓还是遵照掘墓的行规，下坑不穿一丝一缕。又是一个钟点过去了。

“见棺材没？”栓儿在上头问。

“还没。”里面的声音让栓儿一听就知道，牛旦已经钻得很深了。

“你上来吧，牛旦儿！掘墓我比你掘的多多了，开棺材还是让我来！那可不是好干的活儿！”

没声音了。

“听见没有？”栓儿两手握成喇叭，圈在嘴上，对下面压低声喊道。

下面的牛旦还是不回答。栓儿急了，又问：“你咋了？没事吧？！”

他这一嗓子把黑子吼得汪汪大叫。双井村半个村的狗都跟着咬起来。被栓儿骂了几句，黑子赶紧把叫声憋回去，憋成喉咙里的“呜呜”声。

他两手使劲拽绳子。拽上来的是一大筐土，里面混着墓砖，还混有木头屑子。

“牛旦儿！你听见没有？我让你上来！”

牛旦一声不吱。栓儿真有些毛骨悚然了。他正打算找个法子把自己系到坑里去，牛旦在下面说：“拉呀！”

“你奶奶的，把我吓死了！”

牛旦被栓儿拉上来，对他转过身，撅起屁股。栓儿在他屁股上打一巴掌，笑着说：“行了，里头藏了个祖母绿，我看见啦。”

牛旦却不理他，仍然把两个胳膊肘架在膝头，屁股撅得比他自己的头高。

栓儿又给他一巴掌："你藏个祖母绿在里头我也不在乎，行了吧？"

牛旦说："你还是看看。做啥事都得讲规矩，盗亦有道，这是我妈说的。"

"那就是说，我下去你也疑惑我往屁眼里藏宝贝？"

"我不疑惑。不过我得看。"

"行行行！"栓儿在牛旦屁股上狠狠打了一巴掌，然后就把绳子套在自己的腰上。

栓儿下去不多久，雨下起来。牛旦的头和脸让巨大的雨点砸得生疼。

"栓儿哥，"他对洞下叫道，"不行咱明天再挖吧？"

坑下传来栓儿那仿佛来自另一个世界的声音："马上墓门就要启开了！……奶奶的，蜡烛灭了！……"

牛旦把包在油纸里的火柴搁进筐里，系到坑底。

黑子被雨淋得东跑西窜，不断抖着身上的毛，响响地打喷嚏。

雨下成一根根粗大的水线。跟前几天的雨相比，这是正戏开场，前几天只能算过门。雨水从坑沿往坑里灌，用不了多久，墓道就得淹了。但现在收手，还得把挖出的土填回去，不然就成给别人挖的了。

"牛旦儿！开了！……"栓儿在地底下说。

当然是棺材开了。从坑里提上来的土和碎墓砖给雨水冲刷，泥水直往坑里灌，似乎要把坑里的栓儿就此埋在里面。

“接好喽！”地底下的栓儿说。

牛旦赶紧拉扯绳子。筐被提出坑沿。他伸手一摸，摸到的是冰冷扎骨的玉器、珠宝。可他没有摸到那个瓷枕。

“就这些？”他对着坑下叫道。

“还有呢……找着了……这他奶奶的瓷枕头有啥好啊？”

“你快点！”

村里的狗这回叫得把附近几个村子的狗都闹醒了，也跟着叫起来。董村离双井村虽然有五六里路，但一路过去所有村子的狗都跟着双井村的狗瞎咬，终于把董村的狗咬醒了，跟上来。人们以为鬼子来了，准备跑反，可又没听见响枪。一转念，人们想，鬼子来了狗也没闹成这样啊。

梨花听见狗叫得邪乎，赶紧吹了桌上的油灯。她听见天赐的门开了，天赐的嗓门在叫“凤儿”。

“凤儿！……栓儿回来没有？”

梨花见凤儿从床上起来，马上捺住她。她把门拉开一条缝，对天赐说：“没事，睡你的去吧。”

天赐对梨花的出现有些惊异，愣了一刻，说：“你啥时来的？”

“早就来了。”她知道他还在惊异，又说，“怕凤儿孤单，来陪她说说话。”

“……我以为栓儿回来了。”他说着进了屋。

梨花听着狗们慢慢息了声，又回到桌子边上坐下。见凤儿还站在那儿，她说：“不会有啥事的，今儿我还给盗圣爷上了供，敬了香……”

她自己也安慰不了自己。她知道凤儿心里对她有怨，对栓儿也有怨。窗子一阵白亮，天上打的闪把三丈深的窑屋都照亮了。铁梨花心里更是一团乱。她从赵家跑出来，也盗了十来年的墓，从来没遇上这么可怕的天，不由她不想到“报应”两个字。她后悔起来：卖了地还债是多么顺理成章的事！地卖了可以再买回来，人要出个好歹呢？！

“梨花婶子，您不该答应他俩……”

“出不了事的。”她淡淡地说。她心里再后悔，再对凤儿抱歉，嘴上都不会认账。

第一声鸡叫时雨势小了。梨花从桌子边上站起，发现自己的腿肚子酸痛。她这一夜都是紧绷着两腿坐在那儿的，自己害怕的程度她都没有料到。凤儿毕竟是孩子，愁是愁，熬不过瞌睡，已靠在墙上睡着了。

大门一响，梨花赶紧跑到窗根。

外面响起牛旦的嗓音：“嫂子！嫂子！……”

凤儿“噌”的一下从床上跳下来。梨花赶紧跑到门口，手抖抖地拔开门闩。

“嫂子，我栓儿哥回来没？”牛旦在外面问道。

“栓儿回来了？”她也不知问的是谁。

这时牛旦的声音已在院子里：“嫂子！我栓儿哥回来了吧？”

梨花拉开门，院子里站着的男子身影她几乎认不出来：赤膊的上半身糊满泥浆，短裤上也全是泥。凤儿这时一只脚蹦着提鞋，蹦到了梨花身后。

“牛旦儿，栓儿没跟你一块儿回来？！”凤儿问道。

昏暗里，牛旦似乎刚刚认出站在门口的女子身影不是凤儿，而是自己母亲。他惊得往后退一步，说：“妈，你咋在这儿？”

梨花顾不上回答他，问道：“栓儿呢？”

牛旦愣在那里。三丈深的窑院中央，他站得孤零零的，魂魄失散得只剩了个空空的人壳似的。

“我……我栓儿哥没回来？”

凤儿已经从铁梨花身边走到门外。柳天赐也摸索着从自己屋出来了。

“你咋一个人？栓儿呢？”他忙乱中手中的拐杖也落在地上。

“我……我还先去了一趟你家，……”牛旦说。

“你俩不是一块儿去的吗？”天赐说，“看你湿的！进屋吧！”

牛旦进了堂屋，铁梨花已经把油灯点燃了。凤儿不知该说什么，只是看看牛旦，又看看梨花。

“嫂子，我栓儿哥真没回来？”牛旦问道，眼睛却不往凤儿那边看。

“你俩咋走散了？”柳天赐问道，“不是说，一块儿去盘弄烟叶吗？”

牛旦突然“哇”的一声哭了。他完全像个憨大憨粗的奶娃，张着嘴，闭着眼，哭得哇哇的。父女俩都不知怎么了，只是一个劲拖他到椅子上去坐，一个劲问他怎么了。只有铁梨花支撑不住了似的，往墙上一靠，一只手盖在眼睛上。

“那我栓儿哥……一定是让山洪冲跑了！……”牛旦说了一阵，终于说道。说完便蹲在地上，哭得窑屋直起回音。

凤儿顶不住了，也大声哭了起来。

牛旦抽泣着把他和栓儿如何失散的过程说了一遍：他和栓儿背着从墓里掘出的“货”往回跑，跑到古河道发现它已面目全非：山上下来的水把河涨得有五六丈宽，淹没了原先河道里的杂树。这时跑在前头的栓儿正要跨上木桥，牛旦在后面叫他，说不能过那朽了的木桥。大水正卷着山上的死树下来了，树撞到桥上，说不定把桥撞碎……栓儿却叫牛旦快点，说啥也得过桥。等牛旦跑到桥跟前，桥已经被撞碎，大水卷着碎木头往下游去了。

“栓儿给卷走了？”凤儿问道，声音虚虚的。

栓儿和牛旦都生长在缺水的地方，都不会水。

“……我顺着河就往下跑，跑着喊着。跑出去五六里路又往回跑。哪儿也找不着我栓儿哥！”

“牛旦儿，你见栓儿落进水里了吗？”柳天赐问道。

“那桥塌了，栓儿正跑到桥中间……”

“说不定跑过来了？”天赐说。

“那桥……那桥一眨巴眼就没了！跟面捏的似的！”牛旦说着又哭起来，一边哭一边还用拳头胡乱捶打自己的脑袋。

他沿着河来回地找，一直找到天微明。他是跑到了下游，跑到董家镇，从镇上那座石桥上过来的。凤儿见牛旦不停地捶打自己，上去拉他，拉不住，她抱住他。

柳天赐两手拄在拐杖上，用拐杖捣着青砖地：“盗墓？！盗墓连老天都容不得你！我以为你们跟这挨天杀的勾当早就两清了，你们坑我没关系，你们坑了你们自己！凤儿这才嫁出去多久？这就叫她守寡？！……”

“有啥你冲我来！”铁梨花说，口气又冷又狠，“别张口就诅咒孩子们！”她看了一眼哭得走了样的儿子和柳凤，一阵鄙夷，“哭丧等见了尸首再哭不迟。谁说栓儿已经死了？！谁认准他就掉到水里去了？！”

她这一说，屋里马上安静了。凤儿抬起脸，心里有些愧：梨花婶子说得对，提前给栓儿哭丧不是在咒他吗？她看着灯光里的梨花，明一半暗一半的脸，冷得让她发畏。这不再是村里人眼中俏丽温婉的梨花婶子，这就是那个铁血的盗墓圈里的女首领。

“牛旦，你和栓儿找着那个镂空熏香瓷枕没有？”她问道。

“找着了。栓儿说他拿着，叫我先跑……那时候双井村的人恐怕都起来了——狗闹死人了！”牛旦说。

凤儿知道各村都有防匪盗联保，若是狗闹得狠，村邻们就会拿矛子、猎枪各处巡视。她眼睛不时看着铁梨花，似乎她那一丝表情也没有的脸能给她主意，为她做主。

“牛旦，让我看看你……”母亲走到儿子面前，伸出手。

“嗯？”儿子把脸一闪。

“这儿好像有伤。”她双手稳住儿子的脑袋，过了一会儿，又放开，说，“没啥。我看着像有血。栓儿会找着的，你别难受，你们都别难受。栓儿不会撇下凤儿走的。”

她语气中不带忧伤，也不带鼓舞；她似乎还有点心不在焉。

“牛旦儿，你啥也没带回来？”

“哟，我差点忘了！”牛旦快步走出窑屋。不久，胳膊下夹着个小包裹进来。“没顾上看，都是些啥。”他把那包裹递给母亲。

铁梨花把包裹打开，将灯挪过去：包裹是栓儿的衫子，是凤儿用今年的棉花织的布做的，奇怪的是，里面的东西并不多。凤儿根本不去看铁梨花如何一件件鉴赏四百多年前的珠宝。

铁梨花从自己头上拔下簪子，把不多的几样珠宝划成两份。“这是栓子的一份儿。牛旦儿这一份儿，就让我拿去做寻找栓子的费用。”

她冷静得让凤儿害怕。

“万一栓儿让人救了，人家给他治了伤什么的，咱总得给一份厚礼。”

柳天赐不知什么时候摸到桌边，一把将所有的珠宝往铁梨花那儿一扫：“俺爷儿俩不要这脏东西。就是今天断炊，我们饿死也不沾它！”

铁梨花似乎一点也不恼他，一件一件把东西拾起来。“也行。我先替栓儿收着，等他回来我再交给他。”

“敢！”

“说谁呢你？”铁梨花非但不恼，反而笑了，“从小到大，还没谁跟我说：你敢！”

“栓儿要敢把那脏东西拿进我的门，我不认他这个女婿。”

“哟，把你给正派的！”铁梨花仍然笑嘻嘻的，“你连我也别认吧，啊？”

柳天赐摸索着坐下来。她是什么妖孽他也不能不认她。天赐想到第一次从她家门口过，她在纺花，他叫她“徐凤志”，从那一刻，他心里再搁不下第二个女人。

“杜康仙酒家”在鬼子抄过之后，老实了一阵，最近把地上的热闹搬到地下去了。这一带土好，四天就能打出一个地下的“杜康仙酒家”。从原来的天井开出一个洞，往下打，几间高一丈五，宽十多丈的窑洞便打成了。再有人来抄，赌徒们可以顺着地下一个长洞跑掉。那长洞的出口在离董村不远的一个磨坊里，跟小闺女们躲鬼子的洞连在了一块儿。

赌棍们这天看见木梯子上下来一对绣花鞋，有人打了声呼哨。绣花鞋不紧不慢地下来了。渐渐地，人们看见那扎着黑缎子绑腿的秀腿，然后是细细的身段，身段裹着镶银狐皮的黑条绒夹袄。不久，那肩、那颈也下来了，高高的袄领上面，托着一张微微扑了粉的面孔。他们开始对这面孔的不年轻有点失望，但从面孔的绝顶漂亮又找补了遗憾。赌棍中有人认识她，说："这不是铁梨花吗？"

薄施脂粉的铁梨花站在这个乌七八糟的男人群落里显得娘娘般的贵气。

她看了一眼面前的男人们，笑笑说："我来找一个人。"

"您上回不是找着彭三儿去顶壮丁了吗？"

"这你们也知道？"她笑着说。

"咱这些人，啥事打听不出来？"一个二十七八岁的光头说。

"那您这回找谁？"又有两个人问。

"谁都行啊。"她说。

这回答奇妙，人们不吱声地瞪着她。这里面的人都神通广大，敢拼敢死。她从自己袖管里抽出一个手绢包，打开，里面是一张二百圆的银票。

"谁能帮我找着那个人，这就是谁的。"

"活人死人？"一个腮帮上带刀疤的人问。

"都行。"

人们觉得她实在很难猜度。静了一会儿，二十七八岁的光头问她，这个人是怎么个来龙去脉。铁梨花说他们不必知道他的来龙去脉。她只告诉他们，这个人叫洪水给冲跑了。找他得下水去捞，或者沿着河两岸到各村各镇去打听。她只告诉他们这个人叫陆大栓。

赌棍里有认识陆大栓的，马上说：“那货不是跟保长打架挨了几刀吗？”

“谁能找着他，这钱就是谁的。”她看看所有人，“我说的话赖不掉，有这么些做证的呢。”

“您老死的也要？”光头说。

“要。”

旁边的人朝光头起哄：“秃子，你有水性吗？一泡尿就能把你淹死！”

那个腮帮上带刀疤的人站起来，说：“我去。”

秃子不愿意了，说：“我这都答应下来了！”

铁梨花说:“谁去都行，去多少人都行，反正找着的才拿钱。”

“死的不好找，”腮上带疤的人说，“泡发了人就全走样了。有啥记号没有？”

铁梨花说：“他没啥记号。”她停了停又说：“在村镇里找的时候，打听打听古玩黑市，看有没有一个镂花瓷枕头卖出来了。找到瓷枕头，就知道要找的是人是尸了。”

“啥瓷枕头？”一个赌棍问。

“值多少钱？”另一个赌棍问。

“一钱不值。”铁梨花说。

人们看着她从木梯子上攀登上去，都议论这个女人啥来头，多大岁数，怎么有这么好的派头。一个年岁大的赌徒说他想起了赵元庚原先的五奶奶，人家都传说她一双眼发蓝，刚才这位半老徐娘眼光也有点蓝。

“杜康仙酒家”的小伙计把铁梨花送到街上，看着她上了骡车。

镇上的店家正在打烊。杂货店老板一见铁梨花过来，便招呼她进来看看刚到的洋布。日本洋布比自家织布贵不了多少，老板隔着马路推销说。一家屠户也认识铁梨花，说打仗打得吃食都涨价，梨花要买肉，他让她占便宜，肥肉只收瘦肉的钱。梨花笑笑说她改日再来。所有店家都认识铁梨花，因此她在他们的一路招呼声中出了董家镇。

刚一出镇子，迎头撞上柳凤背着一个学生走来。这个学生铡草铡了小脚趾，天天父亲或柳凤接送上学。凤儿见梨花喝骡子停车，忙说她这就到了，不用车送。柳凤知道梨花卖了五亩地，到处使钱，让人去找栓儿，原本对她的那点怨，早已消散了。

梨花不容分说下了车，把孩子抱到车上，让凤儿也坐上来。

“牛旦儿今天一早给爹送了一罐子羊奶过来。”柳凤说，“看着他病是轻了，就是脸色还不好看。”

梨花说：“烧那么高，我都怕他回不来了。”

那天夜里牛旦沿着河找栓儿，让雨浇了一整夜，又受了那么大惊吓，一场高烧发了好几天。受的寒烧出来倒不是坏事，只是烧退了后，从床上起来了一个更寡言的牛旦。

骡车到了那个学生家门口，凤儿把学生背进门，拔腿便跑回来。她怕学生的父母和她千恩万谢，她没有这份精神去充笑脸寒暄。

其实凤儿心里是感激牛旦的，他病成那样，高烧的胡话都没别的词，只一个劲叫栓儿哥。他的烧只在近傍晚时分发作，清早人带着一身汗酸气就到柳家，替栓儿把几百块土坯托完。天要凉了，柳天赐打算砌一个土坯房做教室，不然学生们长期在窑屋里读书，太坏眼睛。原来栓儿说过，等雨停了就把砌房用的坯托出来，现在他的活只有牛旦接着做了。

“坯都托得差不多了？”梨花问。她似乎猜着凤儿正想到什么。

“还差点儿。”凤儿说，“我出来的时候牛旦还没收工呢。”

柳凤想到下午去给牛旦送茶水，见他挽起裤腿的小腿有一块伤。是和泥时不小心，让耙子碰的。凤儿怕伤口烂，马上从茶壶里倒了些茶水到自己的手巾上，说要给他擦洗一下。牛旦一跳半丈远，脸都憋红了。凤儿也让他弄个大红脸。过去他和做嫂子的凤儿没那么生分，凤儿给栓儿缝衫子，也会给牛旦缝一件，也得在他身上比比量量，免不了肌肤碰肌肤。牛旦这一生分，让凤儿心里一酸：他这个做兄弟的只愿意替栓儿哥担负责任，不愿占有哥哥名下的温存。

老远就看见那盏油灯。灯光里，牛旦干活的身影一时清晰一时朦胧。

凤儿跳下车，见牛旦脱得只剩一条短裤，身上还尽是汗。

“别又累病了！”凤儿说。

牛旦正往木盒里填泥，似乎没听见柳凤的话。

“行了，差不多了！洗洗吃晚饭吧！”她从地上拾起牛旦的衣服、裤子。

牛旦这才发现站在面前的柳凤。“嫂子回来了？”他口齿含混地说。

柳凤朝正在拴骡子的铁梨花看了一眼，她在问梨花：这个牛旦怎么了？客气得就像是昨天刚认识她。梨花从骡车上拿下一捆棉条子，打算纺一纺，再给天赐织个被里子。

没有栓儿，他们晚饭吃得很沉闷。柳天赐有时会放下筷子，把口中的食物重重地咽下去，然后把脸转向梨花的方向。人们都拿着筷子，不敢咀嚼也不敢咽，因为知道天赐会问：“还是没有栓儿的消息吗？”

可这天晚上柳天赐慢慢又把脸从梨花那儿转回来，手慢慢又摸起筷子。他也意识到问那句话很蠢，只能一再、再三证实一个坏消息：栓儿或许凶多吉少。

柳凤见父亲一口口往嘴里划拉蜀黍汤，泪水又堵到鼻子里了。

“凤儿！”梨花说。

“嗯？……”

“你梨花婶子倾家荡产也会给你把栓儿找回来，啊？”

天赐又放下筷子。但他还是什么也没说，人们知道他没说的那句话是：“你倾家荡产也找不回来呢？”

第二天早上，铁梨花到了上河镇，找到张吉安，告诉他那间铺面房她要退租。因为牛旦身体不好，照顾不过来。张吉安穿了一身旧布衫裤，腰间扎了根黑板带，稀疏的头发让汗水贴在脑门上。

“我刚刚练完剑，”他似乎没听见她的话，“来来来，坐下陪我喝壶茶！”

铁梨花正要说她还要赶回村里，张吉安拉着她的手，把她拉到椅子前面一捺：“看你愁的！什么事能愁着我的梨花？”

铁梨花不知怎么一来，竟真有点把他当娘家大哥一样胆壮了。

“我欠你那四百块钱，还得再缓缓……”她脱口直言道。

“那点钱就这么愁人啊？我不是说送你的吗？再提它，我觉着我和你这场情谊就半点意思都没了！”

她看着他冒火的眼睛——他真恼了。

“行，咱先不说这个。”梨花说。

上次碰到的那个叫虎子的伙计从楼上下来，手里抱着个崭新的缎箱：士林蓝的缎子底上，凸显出一条条银色的龙。他走到一个红木架子前，小心地把缎箱放在地上，打开来，从里面拿出一个天青色的瓷枕头，中间细，两头粗，整个物什是剔空的，精细得让人提心吊胆。虎子问张吉安，把瓷枕放在哪个位置合适。铁梨花觉得自己差点叫出来。

她身不由己地跟在张吉安身后，走到那博古架前面。天青色，镂空图案为一对戏水鸳鸯和水草、莲花，纺锤形状，瓷的质地之润、之细，只能是汝窑的出品。

“梨花，你看看，这东西你没见过吧？”

“啥时收的？”

“昨天。你看看这工！五百年前的东西了！我怎么都想不出来，它是咋烧出来的！”

“你从哪儿买来的？”

“黑市上。我早几年就托人留心了。”张吉安把瓷枕拿起，往镂空的洞眼里看了看，“这里头的土还没清干净。也难为了这个枕头，让多少人埋了挖、挖了埋。这故事你知道不？”

铁梨花见他把瓷枕放到博古架上最大的一格。

“……宋朝哲宗有个妃子，叫……哟，我还把她名字给忘了。这个妃子有个致命的病，夏天咋着都睡不成觉。有人供上来一个枕头，瓷烧的，上面有好些洞，能把枕头里搁的草药味透上来。妃子枕了这个带草药熏香的瓷枕头，她就睡着了。皇上就让汝窑去烧这样的镂空熏香枕。可是一窑一窑烧出来，都不成，最后只成了两个。其中一个被她发火的时候砸了。另一个她死后被盗出来，流传到了民间。在明朝的时候，被一个巡抚收到，送给了他的夫人。那个夫人是早逝的，瓷枕头就陪她一块儿入了葬。据说这个巡抚钟爱他这位夫人，怕人盗她的墓，做了不知多少假墓。”

梨花已经没心思听他把故事讲完了。这个故事盗墓圈子里熟悉得很。

从张吉安那里回到董村，正是晌午。牛旦在垒土坯墙，梨花把自己头巾垫在几块土坯上，坐下来给自己倒了一碗冷茶。

柳凤从窑院里拎着饭篮子上来，胳膊下还夹了一件夹袄。

“梨花婶一块儿吃饭吧！”柳凤说。她搁下饭篮子。

“唉。”其实她在张吉安那儿吃了两块萨其马。

柳凤盛了一大碗酸浆面条，又拿出一双筷子，在自己前衣襟上擦了擦。牛旦已经走过来，端起柳凤给他盛的那碗面条，远远地蹲在半堵墙下，稀里呼噜地吃起来。已经是阴历九月底，风变硬了，牛旦却还光个脊梁。

“牛旦，你病刚好，披上点衣服。”母亲对儿子说。

凤儿把她带来的那件夹袄拿起来，走过去。一面说：“昨晚完了活儿，牛旦把他的袄和衫子都落这儿了。还真有那没出息的人，连烂袄烂衫子都偷！”

她说着把手里的夹袄披在牛旦身上。那是栓儿的夹袄，士林蓝布面子，白大布做的夹里。栓儿一共没几件好衣服，这件夹袄是他赶庙会看戏穿的。

牛旦开始没注意，但偏脸一看见那洗得起了一层白的士林蓝布，就马上把它脱下来，往凤儿手里一塞。

凤儿见他消瘦的脸一层羞恼的红晕。眼睛里却是惧怕。她委屈地一笑，说：“这不还是梨花婶给栓儿缝的吗？……”她求援地看看梨花。

铁梨花自己捶着自己的小腿肚，没有往凤儿和牛旦这边看。

凤儿发现牛旦有些懊悔，看看她，意思是要她别见怪：栓儿不知去向，他心里难受着呢。那一眼还有个意思：曾经他爱恋过她，现在栓儿不在家，他不想犯嫌疑，并不是他不爱恋她了。

凤儿对自己在栓儿和牛旦之间做的选择是明白的。她知道为此牛旦心里受过伤，或许至今伤口还新鲜。一般寡默口讷如牛旦这样的男人，心都深得很，爱也好恨也好。比方他对自己这位义兄栓儿，不也是怀有很深的惦记？那惦记不也是他心里一块伤？这只说明牛旦的心难得。

两天过后，土坯教室盖好了，就差上梁了。牛旦和几个临时来帮忙的村邻们忙着上房梁，梨花和柳凤在窑院里包饺子。这里的规矩是邀请帮忙上梁的人吃顿饺子。

这天学校停课，放孩子们回家帮父母种麦。柳天赐便坐在灶台前帮两个女人扯风箱烧火。柴太湿，烟把他呛得直流眼泪。梨花赶紧过去，手上全是面又没法掏手巾，便要天赐撩起她的围裙把眼睛擦擦。

“别用你那袖子，不干净！”她说。

“干不干净这眼还能往哪儿坏？”天赐说。

“你就嘴硬吧！”梨花用指头戳戳他的太阳穴。

这时天赐听见柳凤走出厨房，去磨房取面。他抱住梨花的双腿，然后慢慢把她搁在自己膝盖上。

“孩子看见了！”梨花说，并不挣扎。

“叫她看去。”

“我手上都是面！”

天赐就那么抱着她。

“你又瘦了。”天赐说，“我这胳膊一搂就知道，比人家眼睛还准呢。”

梨花欲语又止，天赐马上察觉了：“啥话跟我不能说呀？”他说。

梨花把脸靠在天赐头顶上。这时她的无力让他和她都觉得那么舒服。

“你爸你妈听人嚼舌头，说我爹掘墓，差点把咱俩的婚给退了，是不是？”梨花问他。

“退了我跟你私奔。”天赐说。

“谁信呢？”

“你信。”

“把你美的！”

天赐搂紧她。

“你爹妈逃赵元庚，逃到洛阳那会儿，肯定更后悔和我家联姻了。”

天赐不说话。他从军队逃出来，眼睛一天天坏下去，找到父母时已经是一年后了。父母死前都在后悔当时上媒婆的当，认了徐家这门亲。

“你说怪不？”天赐说，“那年我妈去世才四个月，我爸一跤跌中了风，也去了。”

“你这话念叨几十遍了。”

“我老是在琢磨，他俩此生约好的，还是前世约好的，死都一块儿死。”

“那样多好。清贫淡泊，相依为命。就没见谁比你爸妈更好的夫妻了。”梨花说。她从天赐膝上站起，在天赐的凳子上挤出一小块地方，拉起风箱来。“这锅水要烧不开了。我俩老了，就这样，我煮饺子，你拉风箱。”

“老了吃红薯汤就行，软乎。”

“那就煮红薯汤吧。甭管锅里煮啥。我煮，你拉风箱，就够美的，你说是不？有啥财宝赶得上这美？哪怕是普天下人全被猪油糊了心，看不穿这个，以为有钱财才美。一辈子为钱生、为财死，死了还跟财宝作伴，让后人为这些财宝你杀我，我杀你，亲兄弟都斗得你死我活。”

“你今天咋看这么穿？栓儿和牛旦那天出去掘墓，你咋不教他们看穿点？”天赐又来了恼火。

“不就为了守住这几亩地吗？没那几亩地，你这学校能盖校舍？”铁梨花又铁起来了。

“我可真稀罕你帮我盖校舍！”

“不稀罕你现在告诉他们，叫他们把上的大梁给我拆下来！”

柳天赐气得直抖，两手哆嗦着摸他的拐杖。铁梨花一把将他的拐杖抢了，天赐张口便呼唤：“黑子！黑子”他突然意识到叫失口了，愣在那里。过了一会儿他叹了一声：“盗墓盗墓，栓儿去了，连个墓都没有……”

厨房外“呜”的一声，凤儿哭了起来。厨房里的长辈们马上明白了，他俩的话全让她听见了。他们说甜哥哥蜜妹妹的话时，她不好打搅；他们口角起来，她更不便插嘴。父亲刚才那句话，让她干脆放下了所有希望。已经十多天了，还会等回什么？

“山洪发得奇怪，不合时宜，打仗把人心都打坏了，天公震怒啊！”天赐喃喃地说。

柳凤哭了一阵，流着泪揉面去了。

小学校又开学的时候，学生们很高兴。教室虽是土坯草檐，但朝南的窗子糊了雪白的窗纸，透进的太阳从一面墙一直照到另一面墙，到太阳快落山，屋里还留着阳光的温暖。

牛旦把新打的课桌搬进去。凤儿在一边帮忙。牛旦过去不是个勤快人，整天闷头闷脑琢磨什么大主意。现在跟换了个新牛旦似的，一刻也闲不住，一人干了他自己和栓儿两人的活儿。

铁梨花从教室门前过，也为教室的排场惊喜。她突然瞥见柳凤髻上插了一朵白绒花，心里一颤。

“凤儿，你出来。”她朝凤儿招招手。

牛旦突然抬起头，看着母亲。

柳凤把正抬了一半的讲桌搁下，掸着身上的灰尘走出来。

“你为栓儿戴孝了？”

柳凤嘴一抿，两滴泪滚了下来。

“是你爹叫你戴的？”

凤儿摇摇头，腮上泪流乱了。

梨花把凤儿拉到自己怀里，搂了搂她的肩，又从腋下抽出手巾，替她擦泪。顺手一扯，把凤儿发髻上的白花扯下来了。

“梨花婶……栓儿不会再回来了……我昨晚做了个梦……他不会再回来！”

她哭得直抽噎。牛旦慢慢走到她们身后，瞪大眼睛，半张着嘴，样子是特别想问：栓儿在梦里说啥了？

“栓儿托梦给我，说要我照顾爹和您，他说着话，七窍都在流血……”凤儿蹲下来，手捂住脸大哭。

梨花让她哭得也流了泪。柳凤和那个在集市上帮人写信、伶牙俐齿的小姑娘相比，长大了十岁似的。怎么也看不出她是个苦命的女子啊！

“孩子，别哭了，你把婶子心都疼碎了，啊？”梨花跪在地上，想拉凤儿起来。

凤儿干脆坐在了地上。

“快起来，咱回家好好哭去，啊？”梨花又说。

牛旦这时走上来，两手抱住凤儿的腰，把她硬抱了起来。

“你们别理我，叫我哭哭！栓儿走之前，我跟他还拌了嘴！……”她挣扎着。

“别哭了……难受你咬我一口吧……啊？”

牛旦抱住她不撒手。凤儿这才发现这是牛旦在哄慰她，“哇”

的一声又哭了。是另一种哭。是女人又找到点倚仗，能发泄委屈的哭。

“闺女，我不叫你戴这东西，是栓儿他还活着。”梨花说。

牛旦不由“啊”了一声，叫得跟见了鬼似的。

凤儿的哭声马上止住了，脸仰起来，干蔫了的花一下见了水似的。

“婶子咋知道？”铁梨花看一眼牛旦，又看着凤儿，“婶子啥都知道。”

牛旦瞪着母亲。凤儿可是活过来了，眼睛又有了光亮，血色也回到她嘴唇上。可怜的闺女，就凭这一句话，就能活上好些天。

“你只当他死了就是了。”铁梨花淡淡地说。

柳凤糊涂了。这个出尔反尔的女人不像她认识的梨花婶啊！

“你就别问我消息是哪里来的。反正我有证据，栓儿这时不知是在洛阳，还是在郑州。说不定还会在大上海。他活得好着呢！上馆子，下妓院，灯红酒绿！咱就不咒这兔崽子吃喝太猛，玩得太疯，弄成七窍流血了。”

铁梨花一边说一边用一支毛笔在课桌腿上写下一个个编码。写了几个桌子，她又回来，拿起墨一圈圈地研磨。她的口气像在讲一个特别淘气的孩子，十分不经意，又好气又好笑。

“小兔崽子，这回肯定吃胖了，噎死你！”

“妈，你咋能这样说我栓儿哥？！”牛旦恼了。

“我咋说他了？”

“他人都不在了，你还不拿好话说他！……”牛旦从来没跟他母亲这样红过脸。

“你咋知道他不在了？”

“我……我能不知道吗？那么大的水，我跑过桥就知道那桥要断！……”

“你跑过桥？……”梨花说，“你不是说你没来得及过桥，桥就断了？”

“我是说头一次过桥！我是看栓儿哥和黑子还落在后面，不放心，又从桥上跑回去找他们的！再要过去，桥就不行了。水可猛可大，声音响得跟虎叫似的，那么大的水，人落里头不眨眼就没命了！”

梨花不言语了。凤儿一直看着梨花，心里还存着希望。梨花婶说话办事是有板眼的，她说栓儿活着说得多肯定啊。

“说不定你看错了。”梨花对儿子说，“我也看错了。看错人的事儿在我铁梨花可不多。”她把脸转向凤儿，“凤儿，他栓儿要还有一点良心呢，迟早会想法子寄点钱啥的，他这一趟财可发大了。”

“妈，我不愿意你说俺哥的坏话！”

“咋是坏话？他发财，咱恭喜他呢！背着那个鸳鸯枕跑了，卖了个好价钱够他吃半辈子，恁好的运气，咱们不恭喜这兔崽子？”她还是没真没假，又好气又好笑的模样。

“其他的，你就别指望了。他不会再回来的。他坏了这一行的行规，他知道就是他回来，我也得按行规制他。所以你就当他死了，另打过日子的主意吧。女人总得嫁人，嫁别人不如嫁给知根知底的牛旦。挑个好日子，就把亲事定下来……”

牛旦拔腿便走，满脊梁都是对他母亲的顶撞回敬。

等牛旦走了，凤儿心神乱极了。她不知是盼着栓儿活着，还是巴望他死了。

把所有课桌摆好之后，到了吃晚饭的时辰。梨花和凤儿简单地做了一锅面汤，蒸上剩馍，和柳天赐把一顿晚饭打发了。然后她对凤儿说：“把剩下的那几个馍拿上，再带几个刚下的柿子，你跟婶子去访个人。”

柳凤和天赐一听就知道她又要去盗圣庙给盗圣爷上供。自从栓儿失踪，她隔两天就要去盗圣爷柳下跖跟前许愿。柳天赐不屑地喷了一下鼻子。

凤儿陪着铁梨花出了董村。盗圣庙在董村的西边，离去西安的公路不远。在庙里能听见公路上过往的鬼子的卡车、摩托车声。凤儿陪梨花来过一次，作为一个读书识字的女子，她不相信进贡许愿，但栓儿的神秘失踪，早让她乱了心智，什么都愿意求助一番。

一进那窄小荒芜的庙堂，凤儿发现它似乎起了某种变化。再一看，是供桌原先被拆了的案腿被钉好了。那圣像前的破烂幔子也给换成了新的。

凤儿见铁梨花一脚跨在门槛里，一脚留在外面，好像也注意到了庙堂的变化。

“哟，有人先来过了。昨天刚供上的吧？”梨花指着供桌上的几只石榴说。

梨花点燃了香，在柳下跖的泥塑前跪下去。她念念叨叨，嘴唇几乎不动，嗓音也压在喉根里。凤儿挨着她跪下，用心听，还是听得出梨花在说什么。她在向盗圣许愿，只要盗圣能昭示栓儿是死是活，她将为盗圣金粉塑身。她说她知道栓儿或许有他不能告人的苦衷，但她不能宽恕他抛弃新婚妻子的罪过。

陆

人们事后都传说赵元庚为母亲发丧那天太阳特别大，暖得像阳春三月。出殡的队伍有一里长，八匹马拉着棺椁，前后各十六个骑马的护棺人。光是雇来的哭丧婆就有二十多个。加上老太太那五个把她恨之入骨的儿媳妇一路呼天抢地，把全城人都闹得一清早跑到马路上看热闹。

赵老太太活了八十八岁，因此是福寿。赵元庚的大夫人李淡云在街上搭了几百张牌桌，让所有亲戚、朋友、赵元庚的下属都来打麻将守灵。麻将桌从赵府大门的两边开始铺排，打牌的一律披麻戴孝。老太太生前爱打牌，淡云就用打牌的声音送她。

几百张桌上，上千只手，同时搓动几十万张骨牌，再加上唱牌的声音——“红中……白板……发财”，那真是一场声势浩大的喜葬。人们说，赵元庚娶多少偏房，宠爱三千，回过头来还是和李淡云贴心。谁能把老太太的殡葬办得最合老太太的心愿？只有李淡云。

赵元庚回家住过了“头七”，就走了。战事吃紧，大孝子也只能尽战时的孝。剩下的事全是李淡云一手操办。据说老太太生前一桩遗愿：一定要找到赵家遗失的长子。虽然赵大帅娶了六房夫人，最小的那个给他生了两个儿子，可现在一个才十岁，一个才六岁，老太太怕儿子战场上遇上不测，赵家门楼没有人撑持。

赵老太太入土不久，各县各乡就贴出了告示，要知道赵家长子下落的人去领赏。据说告示贴出的当天，就有几十个二十岁的泼皮无赖二流子，挤到乡公所说自己是赵大帅遗失的那个儿子。告示贴出几天后，愿意做赵家儿子的人不只是二十岁上下的了，三四十岁、四五十岁的都有，都能头头是道地说出当年的赵家五奶奶如何把自己生在大街沿上，弃在荒坟院里。

铁梨花听着几个赌棍在说笑，说今晚若输掉了裤子，明天一早去乡公所充当赵元庚儿子去。

她要找的那个叫秃子的人这天夜里不在这里。她向掌柜打听，掌柜说秃子叫人给打了，刚刚离开赌场。打秃子的人是让秃子一句话给说急眼的。秃子叫他：“赵元庚汉奸王八下的鳖蛋！”

铁梨花吃了一惊，脸上还是漫不经心：“这人是谁呀？敢打秃子那个打人不要命，拉屎不揩腚的孬货？”

掌柜的替梨花点上烟，一面回答说：“孩子看着挺老实，总有一天要死在赌局上。输赢都不走，你说他不得死这儿？”

“他叫个啥？”

“不知道。二十岁，个儿老大，喝了酒会唱曲子，不喝酒一句话没有！闷葫芦最能打架！就是那天来这儿，喝了点酒，说自己才是赵元庚亲儿。这就落下笑柄了。”

“我认识他。”梨花更漫不经心了。

“他叫个啥？”

“叫牛旦不是？”

“对对对，我听几个孩子这么叫他。他是哪村的？”

“牛旦今天输了赢了？”

“哪会叫他老赢？他老赢俺们东家该关张喝风屙沫去了！今天输了有一两百！输呗！来这儿敢输的，咱都不问他钱哪儿来。”

铁梨花来了两三次，有几张熟脸跟她咧咧嘴，算是笑着打招呼了。一个人还给她让了个座，让她也碰碰手气。她坐下来，并没有玩心，为的是能打听点事。这里头的人对盗墓、走私、贩烟土都不忌讳，赌着赌着，偶尔还能成一桩生意。

“有个朋友造胡宗南的钱币造得不赖，想找我合伙。我主要怕我万一落了网老娘没人管。”

“你那朋友叫啥？”

“你想合伙？”

“你要咱吗？要就算我一个。”

……

“有人把赵家老太太的墓给掘了。”

“不可能，有看墓的。”

“……说掘开一看，是个穿寿衣的假人。老太太金蝉脱壳，跑了。”

“这不用掘开看！赵元庚那货，还不早就把她偷偷葬了？老婆子一生那么多古玩，那能吹着响器去葬？刚死没几天就葬了，在灵堂停了一百天的，是个空棺材。”

铁梨花摸着骨牌，心想，赵家老太太的死，又够人们忙一阵了：寻呀，挖呀，欺呀，诈呀。

从赌窑回家的路上，牛旦一跤摔到沟里去了。柳凤打开大门，一见他浑身泥水，笑起来。她手里拿着一个灯笼，上衣领口开着，发髻散下来。

“不会喝酒，还喝那么多！”她说。

他看着柳凤的脸：刚刚洗过，擦了点雪花膏，又湿又嫩，“凤儿？……你咋跑我家来了？”

“哎呀，真喝多了！你看看你是在谁家里？”

他四下看看，发现这是柳天赐的窑院。眼睛立刻瞪得圆圆的。他正要掉头回去，柳天赐在屋里叫道：“凤儿，谁呀？”

“是牛旦。”

“牛旦来了？咋不进来说话？”

牛旦口齿含混地说:“不进来了，不进来了，您歇着吧！……”话没说完，他逃似的走去，肩上背的一个布包也落在地上。

牛旦跑出去老远，凤儿叫他 :“牛旦，东西掉了！”

牛旦在一棵大柿树下站住了。柳凤赶上去，把包裹递给他。

“不要了。”他没头没脑地说。然后转头又走，步子飞快，一脚深一脚浅。

“你的东西，咋不要了？！……”柳凤拿着包袱又追上去。

“是给你的！”

柳凤打开包袱，借灯笼光一看，里面有一卷紫红色条绒，还有一对红绒花。她结婚也没穿上这么美的衣裳。

等凤儿再次追上牛旦的时候，牛旦吓坏了，就像这块衣料把他的非分之想全招供了似的。

“是……是一个孬货给她出嫁的妹子买的，赌输了……输给我了。我妈不会穿它，给你吧。”

原来是很多情的一份礼，让这么个老实巴交的小子一说，全没了意思。栓儿一定不会这样说。栓儿最会哄她高兴。可到头来毕竟是个“哄”字啊。这个人老实巴交，倒比栓儿诚恳、可靠……柳凤心里一热。

“牛旦，栓儿不会回来了，我咋办？”

“……嗯？”

柳凤向他跟前走了两步。栓儿和牛旦若现在让她挑，她或许会挑不“哄”她的牛旦。

不知不觉地，两人走到了铁梨花的门口。牛旦看着凤儿，盼她进去，又怕她进去。

凤儿一横心，走了进去。关门的时候，灯笼熄了。牛旦一把将凤儿搂进怀里。他亲吻着凤儿的脸蛋、嘴唇，忽然舔到一颗咸苦的泪球。牛旦马上松开了她。

“不是的……我不是这意思……”凤儿低声说，“你要不嫌弃咱……”她把身子又贴紧他。包袱落在地上。

牛旦木木地站着，任凤儿亲他，抱他。

“栓儿不会回来了，牛旦！他发了财，把咱们都忘了！”

“不许胡说！”牛旦粗鲁地推开她，冲进堂屋。

凤儿愣了一会儿，见堂屋的门关上了。她慢慢转身，往自家走去。

铁梨花听见儿子进了堂屋，又听见凤儿出了院门。她磕掉一锅早就冷了的烟灰，走进堂屋，把油灯搁在八仙桌上。

“你怎么让柳凤一个人回家？就算路不长，路可黑呀，高低送送她。”铁梨花说。

“她……她刚送我回来。”

“你去你柳叔那儿了？”

“嗯。”

“你俩刚才的话，妈听见了两句。不是存心听的，啊？”

“听呗。”

“你不喜欢凤儿了？栓儿娶她的时候，我可知道你心里有多熬煎。”

牛旦不吭气。不吭气是牛旦最厉害的一招。

“是不是你怕栓儿还会回来？他不会回来了。……栓儿没那福分，凤儿是多好个闺女！”

“知道她好。”

“你知道寡妇再嫁有多么难。你不会是嫌凤儿守了寡吧？守的是活寡死寡咱们且不说它，你嫌她是个嫁过的人？你不会恁古板吧？”

牛旦又不说话了。

“我和你柳叔的事，你知道。我们一错过就错过了半辈子。有啥比自己喜欢的男人好啊？没有。妈不怕你笑话，妈告诉你，下辈子妈还投胎做女人，还寻你柳叔，再不和他错过。你看这世上乱的！打仗的打仗，不打仗的打冤家，越有钱财越打得欢。啥是真的？一家人抱成团，关起门过小日子是真的。你要是跟凤儿成家，我和你柳叔也成家，咱们两家合一家，文的文、武的武，种地的、教学的，关上门一家人能过得多美！”

牛旦叹了口气。

“我知道你爱柳凤。你不出头，妈给你出面，去跟你柳叔说说？”

“妈，我……我不能占我栓儿哥的人。”

牛旦站起身，往门口走，两脚还相互绊，一面打了个又长又响的嗝。一股酒意散发出来，涨满屋子，也涨满铁梨花的头脑。

这天夜里上河镇动了兵火。一个营的兵包围了镇上那家西医诊所。诊所是一个姓尹的医生开的，他一年前来到上河镇，说是要普及西医科学，办了个不大的护理卫生学校，开了一家西医诊所。

士兵们把诊所包围起来，镇上的人们就听见一个男子通过铁皮喇叭喊出的声音，说他们是赵元庚司令派来缉拿走私中国古董的日本人的。

喊了一阵，枪子开始往诊所里打。打了一阵，停了，里面走出一个举着白床单的老女人，自称是清洁工，但她的中国话一听就带外国腔。问她那个冒牌医生哪儿去了。她说他早就走了，她是被大喇叭和枪弹惊醒的。醒来发现诊所都被搬空了。

诊所果然被搬空了。所有的文物、古董、字画都被装了箱子，前一天就开始装了，清洁工招供说。那时她并不知道自己要和一堆破烂医疗器械一块儿被遗留在中国。

营长带着士兵们追到了津县火车站。根据清洁工的供词，尹医生会乘夜里两点的车去郑州。在车站外面，他们发现一辆带红十字的马车被拴在一棵树上，车上装了几十个木箱，撬开一看，全是古董古玩，但没有发现一个瓷枕头。

营长命令车站发电报给前面的小站，把火车拦下来。说是要抓一个重大逃犯。

火车被拦在一个小站上。营长带着二十多个骑兵赶到了。他们跳上车，命令火车司机把车开到两站之间，当火车停在一段前后不见村落的铁轨上时，士兵们从正打瞌睡的旅客里搜出了睡在椅子下面的尹医生。

营长把他押下火车，命令火车继续行驶。然后问他的俘虏："你叫什么名字？"

"伊滕次郎。"

"那你承认你伪装中国人喽？"

"我谁也不伪装。我喜欢中国，用中国名字是入乡随俗。"他不紧不慢地用略带天津口音的京腔说道。

这时，一辆黑色雪佛莱从公路上开过来，停在公路与铁路的交叉点上。车里跳下来一个警务兵，拉开后面的车门，"咔吧"一声，僵直地来了个立定。

从车里出来的男人有六十岁左右，瘸一条腿，但身板笔直，假如二十年前见过赵元庚赵旅长的人这一刻见到他，一定会惊异他怎么矮小了一圈，壮年时的魁梧荡然无存。

"打开他的皮箱吗，赵司令？"那个营长问道。

赵元庚一抬下巴。

两个带红十字的皮箱被打开了，里面塞满绷带、纱布。营长把皮提箱拎到赵元庚面前。

"挺客气吗，就带这几件走？"赵元庚让警卫在绷带纱布里翻腾，翻出一件件金器、铜器、玉器，然后翻出了一个瓷枕头。

他朝身边的勤务兵抬抬手，雪佛莱雪亮的大灯照过来。

赵元庚把瓷枕头轻轻拿在手里，从上衣口袋里掏出一个放大镜，翻来覆去研究着那个镂空剔透、光润如玉的汝窑瓷枕。

“把他带走。”赵元庚对营长说。

伊滕问他们以什么罪名。他是日本公民，受到日本驻守军的保护。

“我抓的就是日本人。”赵元庚见营长有些怵，对他打了个狠而短促的手势。“你不单单是间谍，你还走私。从这一带走私出去的中国古董至少有一车皮。都是国宝级的文物。枪毙你一百回，也不抵你的罪过。走私文物，是国际罪行。驻守这儿的日本人保护不了你。再说，我能让他们知道你在我手里吗？”

伊滕被营长的两个士兵押着，往赵元庚的车里走。

“这个瓷枕并不是国宝。”伊滕突然说。

赵元庚不作声，又看了看那瓷枕。

“所以你不能用走私国宝的罪名逮捕我。你指控我走私的所有文物，有证据吗？”从伊滕的面孔上看，他对自己眼下的处境并不慌张。

赵元庚似乎有点料所不及。

“它是赝品。”伊滕说。

“不会吧？为一个赝品你舍弃一马车东西，单单带上它逃命？”

“我可以告诉你，它为什么是赝品。”他向赵元庚伸出犹如女子一样苍白细长的手，“可以吗？”

赵元庚把瓷枕交还给他，似乎油然来了一股浓厚的兴趣要跟一个异国同行切磋学问。

伊滕将那个瓷枕小心地翻转过来，一面说：“表面上丝毫破绽也没有：雨过天晴的颜色、双面釉、镂空纹样为一对戏水鸳鸯。不过真品的瓷胎是烟灰色。相信你对汝窑的出品有研究，知道瓷胎一律是烟灰色。这个呢，你看，它的瓷胎是灰白。还有就是这几个支烧点。真品的支烧点不应该有铁钉这么大，它们只有芝麻粒大小。”

“见学问。伊滕君不愧是个大走私家。你还没告诉我，你为什么单单带上它逃跑呀。”

“我喜欢它。就算它是赝品，也是清朝的仿制，工艺精湛，完美无瑕。一个人喜欢什么，什么就是无价的。”

“噢。”赵元庚点点头，“在瑞士今年年底的拍卖会上它肯定会让人当真品买走。伊滕君是为那个拍卖会赶路吧？”

伊滕的表情不变，带着那种日本式“打死不认账”的文雅顽固。

赵元庚瘸着腿向旁边让了一步，意思是请被押解的伊滕次郎上车。伊滕刚走过去，就听见悦耳的碎裂声。他疼痛似的一抽，也不必回头去看了。

据说上河镇上不止消失了一个尹医生，还消失了一个张老板。那个从来没见卖出过任何东西的古玩店，在尹医生消失后再也没开门。镇上的人们都打听一团和气的张老板去了哪里，以后向谁交店面房的租钱，这才发现张老板的房产已经先后卖出了手。

故事流传到董家镇的赌窑里，是第二天夜里。传过来的故事多少有些像戏，赵元庚在戏里从白脸变成红脸，由奸而忠。谁也弄不清他究竟是汉奸还是抗日英雄。好在董家镇人杂,法无定法，是非似是而非，大家都不计较赵元庚的民族立场、道德面貌。他固然强取豪夺、走私霸市，不过抢来劫去的宝贝还在中国人手里，碎了它们，烧了它们，那是中国人乐意，毁成粪土也轮不到小日本占便宜。

人们把赵元庚当时如何砸掉鸳鸯瓷枕的情景描绘得都带上锣鼓点了。砸得好，砸给你小日本看！砸了也不让你小日本带回你那弹丸之地去！你好枪好炮来中国打劫？我就砸给你看！你稀罕，你心疼，那是因为你没有，我砸多少也不怕，我有！我多着呢！脚下踩着的黄土下面尽是宝贝，我砸得起呀！

铁梨花听这些人把赵元庚砸瓷枕这段唱完，站起身向门口走去。瓷枕怎样从土下到土上，再到一双双手上，她心里有了条模模糊糊的线路。但姓赵的怎么会把他找了那么久的东西砸了？这不像他干的事啊。原本她是来找秃子的，看他是否打听出了栓儿的任何下落。现在不需要了，她对事情的脉络大致有数了。下面要做的，很难，但她不得不做。

走在回村子的路上，她想着天公的不公，要把这么难的事托付给她一个妇道。昨天，从黑子突然回来的那一刻，她就知道她要做的有多么难了。

黑狗在快到土坯教室之前长长地哀鸣了一声。那哀鸣不是狗的声音，是人和狼之间的一种声音。它是站住了鸣叫的，一条前腿提起，站得非常奇怪，有些像马。这是柳凤看见的。

柳凤根本认不出它是谁。它只有黑子原来一半的身量，一张发灰无光的皮罩住一把尖细的骨头，这东西能跑，已经是奇景。它叫完之后一个猛子扎进柳凤怀里。柳凤还没辨出它，一种秘密的气韵已经让她明白她的黑子回来了，或许是黑子的鬼魂回来了。

从柳凤身边一转身，那鬼魂一样的狗无声无息地一窜，进了教室，双爪搭在柳天赐的胳膊上。

“黑子？！”这时瞎眼人比明眼人的辨认力好多了，“黑子！”

凤儿呆呆地看着它，仍然不敢完全认它。瘦成了黑子一条黑影般的狗在父亲肩上蹭来蹭去，舌头舔着父亲的脸、耳朵，像是把它离去的秘密悄悄说给他。

所有的学生都在临帖，这时全一声不响地看着他们的柳先生为了一条狗流泪了。

晌午，学生家长送派饭来，给柳先生送了一筐新起的红薯和一包猪油渣，叫柳凤给她爹烙油渣葱花馍吃。柳先生掏出一把油渣便撒给了黑子。

“吃吧，这几个月把你给委屈的！”他对黑子说，“你都跑哪儿去了？啊？……”他慢慢蹲到地上，轻声对狗的耳朵絮叨，“我寻思你把我忘了哩……你还活着，遭罪了不是？咱活着就好，几顿好食就吃胖了！”

柳天赐有点乐颠倒了，把学生家长当好东西送给他的一包猪油渣全喂给了狗。

“……再有几顿猪油渣吃吃，就吃胖了。”

他就像没听见学生家长在旁边又是笑又是怨，说一年不杀一回猪，就掏出那点大油，熬炼出那一口油渣，他们一家八张嘴舍不得吃，抠出来孝敬先生，先生可好，美了这丑畜生了。

“你咋一人回来了？……你把栓儿丢哪儿了？……丢了栓儿，你又在外头玩了两个月才回来……”

一听“栓儿”，狗从油渣上抬起头，四处张望，吸着鼻子。

柳凤一见它的样儿，眼泪又涨上来。

下午放了学，天赐要去镇上买墨，黑子像原先那样给他领路。柳凤知道父亲买东西是借口，有了黑子，他想逛逛。他好久不出门，因为他最怕拖累谁。

“爹，钱装好，扒手多着哩。”柳凤把他送到路口，像大人招呼孩子一样叮咛。

“装好了。”

“别瞎花钱——那些店主奸着呢，光想让你买他的次货！”

“不瞎花钱。”他已经走远了，从背影都看出他得意扬扬，像又复明了似的。

“等你回来喝汤！”

“唉。”

柳凤一个人在厨房搅了面汤，又切了些酸萝卜缨子，打算用香油拌拌，就汤喝。她想到，起了一天红薯的牛旦光喝稀面汤会不经饿，于是又舀出些面做单饼。单饼卷炒鸡蛋，牛旦就好吃这个。

前天夜里她和牛旦分了手，她心里一直有点瞧不起自己：我可真贱，自己往上贴。她一夜都没睡踏实，早上起来决心不再给牛旦笑脸了。从镇上的集市回来，父亲把那块紫红绒布和红绒花指给她看，说是牛旦搁在她床上的。

“他说啥了？”凤儿装着不在意地问，把“家书抵万金”的挑子搁置到门边。

“他能说啥？牛旦啥也不用说，我就明白他的意思。”

“您别瞎猜。”

“这还用猜？我跟他说：这回我的女婿可不敢再摸老墓道！我这回要个倒插门的，我这丈人也能看着他。”

“您真说了？……”凤儿脸上烧得发紧。

“我跟你逗呢！”父亲笑起来。他年轻时一定讨女人喜爱，一笑俩弯弯眼。“我那么眼皮子浅，人家送块好布料，就张口把闺女许出去了？他要想要我闺女，媒人、聘礼、八字，一样不能少！”

柳凤这两天没事就拿出那块紫红布料看看，比比。红色红得正，红得透，她可得好好跟梨花婶合计比量，剪出一个褂子，说不定还能剪出一双鞋面。她想牛旦一定是自己掏钱剪了这块料子，又怕羞，谎说从牌桌上赢的。这时凤儿把面和好，用手拍打它，嘴上说："叫你说谎！叫你害臊！一共没几句话，还掺假话！……"

她想起搭在院里晒的红薯干还没收，便放下面团由它去醒，端着高凳出去了。

桐树上钉了钉，挂着一串串煮熟又穿起来晒的红薯干。凤儿爬到高凳上，把红薯干一串串往下摘，摘下的搭在自己肩上。

牛旦这时从窑院的过洞走进来，凤儿一听那害羞的脚步就知道谁来了。

"帮我接着。"柳凤说。

牛旦小跑过来，接过柳凤从肩上卸下的一串串红薯干。

红薯干全摘下来了。凤儿说："行啦！没啦！……"她见牛旦还那么微张着两手半仰着脸站在凳子下，好像还等着把她从高处接下来。她笑起来：牛旦实在憨得让她心疼，她过去怎么不觉得他这憨可爱呢？

"我梨花婶呢？"她从凳子上下来，一面问道。

"她没在你家？"

"她两天没来了。"

"她……她昨天也没在你家？"

柳凤奇怪了，扭头看着牛旦："俺们把你妈藏起来了？"她几乎要恢复成一年前那个凤儿了。

"来吧，帮我拉风箱。"柳凤说着，往厨房里走。

柳天赐的声音在窑外响起来："黑子！黑子！你跑啥？！"

牛旦站住了。柳凤回过头，见过洞外的台阶上站着黑子。

"哟，我忘了告诉你，黑子回来了！不知它跑了多远，还认路找回来了！"凤儿说。

牛旦愣愣地说："这是黑子？不是吧？"

那个褪了黑颜色，瘦走了样的畜生只是站在台阶上，居高临下。柳天赐和铁梨花一块儿走进来，柳天赐对黑子说："看你疯的！……"他对院子里的凤儿和牛旦说："这货吃一包油渣吃出劲来了，我绳子都拽不住它！挣开绳子，它蹿可快！……"

黑子一步步走下台阶。走到台阶下，又站住了，脸对着牛旦。

"这哪是黑子？不知哪儿来的野狗！"牛旦说。

"我也没认出它来！……"凤儿说。

黑子慢慢朝凤儿和牛旦的方向走过来。凤儿说："我头一眼看见它，差点把它当成豺了！"

牛旦一下子和凤儿靠近了，想把她护在怀里。

一条黑暗的箭似的，黑狗直朝牛旦扑过来。瘦成一把柴的狗，居然把牛旦扑了个屁股墩。

"黑子！看你欢的！"凤儿叫道。

黑子表示自己不是在撒欢，龇出上牙，喉眼里"呜噜噜"地响。

“黑子！”凤儿急了，脱下鞋对黑子扬起来。

铁梨花也叫着：“黑子！咋不认识人了？！这是牛旦啊！”

黑子不理大家，仍然对牛旦龇牙咧嘴。

“黑子！”柳天赐唤道。他声音不大，就像父亲唤孩子，“不兴这么小心眼，啊？”

黑子马上放开牛旦，回到了天赐面前。

“这货嫉妒牛旦哩！”天赐指着黑子，说着便大笑起来，“这货寻思着，它和凤儿是姐弟。牛旦一来，得让它当舅子！它可不想当舅子！”天赐很久没这么笑了。黑子跟了他七年，衣食住行都离不开它，对他的孝敬不输给柳凤。

牛旦从地上爬起来，也憨憨地一笑。

“柳凤，还不给牛旦擦擦，那屁股上坐的是鸡屎不是？”梨花说着，也笑了。

牛旦还是盯着黑子，黑子也盯着他。

“我看它不是黑子。”牛旦说，“黑子颈口有几根白毛。”

牛旦这一说，人们惊诧了。这个黑狗颈子上只有一道疤。显然它被人绑过，用很粗的绳子绑的，它挣开了。

“黑子还能错？”天赐说，“它就是变成绿的、七彩的，在我这儿还是我那老黑子！”

柳凤拿块湿抹布，递给铁梨花，“梨花婶替他擦擦吧，人家可不愿我给他擦。”

梨花接过抹布，蹲下身，刚擦到牛旦的腿上，他猛一个趔趄。

“哟，腿还真让这畜生吓软了？”母亲说。

柳凤在厨房里叫道：“牛旦，拉风箱来！”

天赐做了个鬼脸，对铁梨花笑笑。梨花把脏了的抹布往树根下一扔。

吃晚饭的时候，梨花说起赵元庚抓获日本古董走私犯的故事。

“我不信，”天赐说，“谁不知道狗日的赵元庚是汉奸，他砸了那个瓷枕头，是给他自己留后路呢！万一仗打完了，日本人全滚蛋了，赵元庚让你们记着他有那么个抗日壮举。反正砸那东西又不是砸日本人的炮楼。”

梨花说：“好好的东西，他砸它干啥？假的呗。只要是真货见天日了，黑市上就有假货拿出来。有真的，假的才能乱真。自古不都是这样？假货还会不止一个。东一个、西一个，你就给弄迷了。”

“咋是个假货呢？”牛旦问。

“连黑子是真是假，都难辨认，何况几百年前一件瓷器。”梨花顺着自己的念头说，“我看，这狗说不定是黑子的冤魂。”

大家都停下咀嚼，瞪大眼看着她。灯光照着她深深的两只眼。她带些促狭地一笑，这就是人们说的那种带几分鬼气的冷艳吧？这就是她姐徐凤品说的七分人间三分阴间的美貌吧？……

“既然黑子回来了，咱们审审它，让它说，咱栓儿上哪儿去了。”梨花撕下一块单饼，唤道，“来，黑子。”

黑子不动。

“来呀！”柳天赐说。

黑子不卑不亢地走过来，不卑不亢地接过铁梨花给它的饼。

梨花说:“我问你，你是黑子吗？黑子可不跟我这么生分。”她指指天赐，“还非得他答应，你才吃我的东西？我能毒死你不能？”

黑子朝她轻轻摇了摇尾巴。

“你把你的少主人栓儿丢哪儿了？”梨花逗耍地跟黑狗说，“要不就是栓儿把你丢了？”

黑子张开嘴，舌头耷拉出来，两只眼显得愁苦悲伤。

“你的少主人把你丢在什么地方啊？是洛阳啊，还是西安呐？……把你丢在客栈里了吧？那客栈摆的是紫檀的床，描金的柜，红铜的尿盆儿，挂的是印度纱的帐幔，铺的是苏杭的绣被……这客栈里呀，婊子都跟天仙似的，一个婊子一夜值一亩好麦地的钱，是不是，黑子？你那少主人栓儿可有钱呐，从老墓道掘出来那个瓷枕头可是值半座洛阳的价呢……”

牛旦把筷子往桌上“啪”地一放。

母亲朝儿子看一眼。又去“审”那黑狗。

“你咋不答应我呢？我说的是真的，你就叫一声……”

天赐这时从桌子边上站起来。

“你是说，栓儿把那个真鸳鸯枕卖出来了，所以黑市里就出来假货了？”

“这只有黑子知道。”铁梨花仍然一副游戏的脸，“那还得它是咱原先的黑子。冒牌黑子就不知情了。我看这黑狗也不像咱那黑子，跑来混吃咱的油渣，吃肥了就野出去了……你要是黑子，就吭气，啊？”

“我的黑子我还能认不出来？”天赐说。

黑狗马上跑回到他膝下。

“黑子，过来！”梨花又叫。黑狗不情愿地走过来，一面回头朝天赐吐着舌头。“坐下。”黑狗不情愿地坐下了，脸仍朝着天赐，要他给它做主似的。

“你下巴下的一圈白毛哪儿去了？”梨花说，“没那一圈白毛，咋证明你不是个冒牌黑子？”

黑狗朝着天赐吐舌哈气。天赐站起来，走到黑子边上，摸了摸它的下巴，却摸到了那块伤疤。

“就算你是黑子，你回来了，你那少主人栓儿是不是会跟着回来？谁绑了你们？”梨花说，“……栓儿这会儿是不是还给绑着呢？……”

这一说凤儿脸色变了。栓儿难道还给人绑在哪里，而黑狗挣脱了绳套回来报信？……

牛旦又一次站起身，打算出门。

“牛旦，你回来，咱看看这畜生是不是像天赐说的，是二郎神的神犬。”

牛旦只好又坐下来。

“黑子，你回来告诉俺们，栓儿发财了是不是？这小子怕你老跟着他，用根老粗的绳把你绑在那客栈，带上他的天仙婊子走了。那一个瓷枕头够他和多少个婊子花天酒地？……没准栓儿真会回来。腊月初三是栓儿的生日，他会回来吃他干妈下的寿面，带着金子、银子、翡翠珠宝，是不是？……”梨花对黑狗说道。

黑狗慢慢走到她跟前，把下巴轻轻搁在她膝头，嘴里全是话，又什么也吐不出。

柳凤呆呆地坐着，眼里又是希望又是无望。栓儿活着吗？会回来吗？会成个独贪了财富变阔了的阔佬回来接她吗？那她宁可他别回来。让她和憨厚的牛旦过他们喝红薯汤、吃单饼卷鸡蛋的日子吧。

“妈，您说的这是啥话？！”牛旦脸都气得拧上了，“您明知我栓儿哥不是那人！”

“人心都藏肚里，你咋知道他不会变？！”铁梨花也硬起声气来，“你也保不准自己见财不变心吧？！”

天赐心想，她是叫儿子给冲撞火了，不然她从来不会跟儿子说这样的话。

牛旦忍受不了他的母亲，把脖子拧向一边。

“栓儿哥要不是回去找这牲畜，早一步过桥，就不会……”牛旦又愤又悲地说，“我先过了桥，回头叫他，别追那畜生了！……”

“牛旦……”梨花唤了一声，“我老想问问你……”

牛旦不吱声了，等着母亲问他。

“……栓儿没赌过牌吧？”她说。

凤儿看看她。梨花婶明知道栓儿偶尔赌赌小牌。村里的小伙子闲了谁不会赌小牌玩？梨花婶显然要问的不是这个，话到她嘴边，她一定觉得难以启齿，改问这一句了。梨花到底是要问哪一句难以启齿的话？是栓儿有让她难以启齿的恶癖？她怕当着她凤儿和天赐问出来，父女俩更要埋怨她这位干妈在娶亲前瞒天过海了？……

“赌的就是烟卷啥的。那谁不赌？”牛旦盯着母亲。

梨花根本没听见他说什么，心思早不在栓儿赌不赌的事上了。

各家的麦子都种下了。霜比往年下得早。清早起来打远一看，麦子地像盖了层小雪。铁梨花一早就蒸了柿子糕、枣馍，用蜀黍面捏了几个金元宝，用油炸了，装进篮子。她想趁村里人还没起来，赶紧把吃食送到盗圣庙，给盗圣爷柳下跖供上。

昨天夜里狗咬得厉害，准是山上又下来八路了。八路在夜里下来毁一段铁轨，要不就杀个把汉奸，天不明还赶回山上。八路会在某某家下个帖子，说下回来就轮上这个某某吃枪子了，不过只要这个某某洗心革面，不再帮鬼子拉夫征粮，通风报信，八路可以饶了他。这村里的人没几个真见过八路的。因为八路想让谁见谁才能见着，不想让人见着他们，他们就跟任何一个赶集卖货拉车的一模一样，下了山便像水珠子混在一缸水里。

铁梨花心里盼着八路哪天请赵元庚吃一颗枪子。

她走进盗圣庙，嗅到一股异味。好像是红薯酒的气味。她慢慢往盗圣的神龛前走，看见红薯酒的气味从哪里来了——一摊子醉汉呕吐的秽物。

她捧起一捧香灰，盖在秽物上，又找到一把结了蜘蛛网的扫帚，把那亵渎盗圣的东西清扫了，这才把供品摆上。

她跪下来，眼睛朝盗圣像上面“盗亦有道”四个大字望去。这块木牌也刚刚油过。所以那被吐出来的红薯酒气味里掺了没有全干的油漆气味，闻上去才那么怪异。这个小庙在一点点更新，先是案腿、帘幔，然后是油漆。这一带以“盗”为生的人不少，趁着日本人、八路军、伪军、国军、土匪整日混战又把这盗业重新兴盛起来。盗得心虚了，便跑来找盗王爷保佑。铁梨花何况不是心虚了呢？她自己何况不是感到报应临头了呢……

她闭上眼睛，想着自己在半个阳间半个阴间穿梭而过的前半生。曾经呼风唤雨的铁娘娘，在那发阴间财的十年中，也从没有一丝一厘背离过“盗亦有道”的训诫。她慢慢向盗圣伏下身。昨夜二更的时候，牛旦回来了，酩酊大醉的脚步穿过院子，在她门口停了一阵，才回他自己屋去。两个时辰后，他那酒意未散的脚步声又出了门。再回来时，脚步听上去木木的。他直接进了自己屋，睡了。她今早起来时他睡得正深，在窗外都听得见他的鼾声。她轻手轻脚进去，见他两只鞋上糊着泥。

铁梨花从盗圣神龛前起身，用手拢一把刚才磕头披散到脸上的头发，慢慢走出庙门。

太阳刚从两座山的凹子中间射出头一道亮光，远近的田垄上结的霜亮晶晶的。

铁梨花想到那个张吉安。她有好一阵不见他了。听上河镇上的人说，那个尹医生走了之后他就没回来。他的房产也悄悄地都卖了，价钱卖得很便宜。或许他和那个日本医生有什么瓜葛。她过去自负得很，以为自己只消半袋烟工夫就能看穿一个人，看明白他肚里有几根坏肠子，弄懂他为人有几分好、几分孬。眼下她明白谁呢？她连自己都不明白。

她要明白自己，就不会去探出那个巡抚夫人的墓，让栓儿和牛旦哥儿俩去掘了。她以为自己是做了事不后悔的人。可她眼下不是悔得直想咬自己一口？

远处传来几声枪响。不知谁和谁打起来了。枪响天天有，附近的镇上和村里天天有人死，有人跑，有人不明不白就没了。从她记事到现在，这一带就这样。她走下大路，走上麦地中间的小路。一个泥洼里有两只脚印。脚印印在小路上，上面的薄霜快化了，晶亮亮的一层水珠越来越大。

铁梨花发现自己瞪着这些鞋印看了很久。鞋印在两丈之外没了：那鞋底上的稀泥给踩光了。

她不想马上回家，也不知道该去哪里。漫无边际地走着，心事也漫无边际。她是个女人，可下面要做的事情太难了。再难也得做呀。

天可真好，狗们都躺在场上，肚皮露在外面，让太阳晒。老人们也都到场上来说话，晒太阳。哪朝哪代，哪儿响枪哪儿死人，狗和老人们还是得晒太阳瞎聊天。到中午，天暖得连命大的苍蝇都活过来了，在孩子们和牲口拉的屎上嗡嗡叫。

铁梨花这时候走到了场边上。她后悔透了。要没有那个掘墓的邪念头，她现在也可以享受种麦后的闲暇，去县城看两场戏，去镇上剪一身衣裳料。才十年的安分日子就过腻味了？她身上是有她爸那一脉相承的邪性的。

她像往常一样，淡淡地却一团和气地穿过村子。

看到小学校的教室了。孩子们一字一顿的读书声一下一下抚拍着她的心，她舒坦了不少。天赐是对的，早卖那几亩地该多好，把张吉安的钱还清，不必动邪念去掘墓。

这时她看见教室屋顶后面爬上来个人。是牛旦。他在给屋顶加草。过一会儿柳凤从教室后面绕出来，肩上扛个木梯。

牛旦昨夜没睡什么觉，今天上午也不睡懒觉。这孩子生来瞌睡多，这阵倒勤谨了。

铁梨花站在一棵柿树后面看着这一对小儿女。他们要真能配成双多好。

“别脱衣裳！……”凤儿说，“这天看着热，咋也是小寒过后……”

牛旦又把解了一半的衣纽扣好。

他俩该是不赖的一对。

牛旦从屋顶上下来，凤儿给他扶住梯子。不知凤儿说了句什么，牛旦笑了笑。快要下到地的时候，牛旦一脚踩失，梯子一晃，牛旦赶紧往下一蹦。凤儿把他扶稳，手里扶的梯子倒了。牛旦更是笑了：他刚才是着逗凤儿玩的。凤儿给了他肩膀一巴掌。

只见教室的门突然大开，黑子蹿出来，蹿到牛旦身上就撕咬他的衣襟。左边那片衣襟马上被扯烂了，它吐下烂衣襟，还要向牛旦扑。

铁梨花听见牛旦的叫声不再是他原本的嗓音，尖溜溜的，听着像戏台上的小生哭腔。这不是自己儿子在叫：这是一个附在儿子身上的玩意儿在叫。铁梨花站在柿树后面，听得汗毛也奓立。一片干柿叶落下，她往旁边猛一躲。

“我让你疯！……”

这是凤儿的声音。

“别打黑子！”

这是柳天赐的声音。

“它才不是黑子！咋连人都不认识？！叫我揍它！……”凤儿叫道。

黑狗向梨花的方向跑来，看见她站在树后，愣了愣，冲进她怀里。凤儿的一只鞋扔过来。

铁梨花从藏身的树后走出来，黑子却仍站在树后面，向柳凤探头探脑，嘴里哼唧着。凤儿一只脚跳着追过来。

凤儿说："哼唧啥呀？！就跟我咬了你似的？！以后再胡咬人，我打死你！"

黑狗赶紧夹起尾巴跑了。凤儿拾起鞋，一边往脚上套一边继续骂黑狗："今天你别回来吃饭！再饥也没你饭吃！"

黑狗尾巴夹得越发紧，一面走开一面向柳天赐发出申冤的哼哼声。

柒

农闲把村里不少好男儿也引到“杜康仙酒家”来了。酒家的店堂当然还是破烂潦倒，红火的景象都在天井下的地窖里。老一辈的人都叹气说：这个董家镇是块恶疮，把坏风气散发得到处都是，过去哪有那么多好赌的小伙子呢？恶疮就是恶气候滋养出来的，打了近八年的仗，恶疮这下可出脓了。

董村和董家镇以及附近几个村的年轻人聚在地窖的赌场里，抽烟抽得两尺外都看不清人的眉眼。一张张牌桌之间，几个跑堂的挤来挤去，端茶送酒。

人们见那个姓铁的小伙子豪赌豪饮，渐渐围聚到他的桌子周围。姓铁的小伙子小名儿叫牛旦，和他一块儿长大的后生们小时都欺过他，管他叫“牛蛋儿牛蛋儿牛鸡巴蛋儿”。这时看他一输一赢都是上百大洋，眼都羡慕绿了。牛旦隔几天就来赌窖里丢一两百块钱。赌场东家有时为了能拴住这个冤大头，也让他一把，让他赢个一两百块，还让他白白喝酒，白白吃夜宵，还白白派出保镖，送他回家。

这天夜里牛旦来了手气，连赢几把，注都下得很大。全场都为他喝彩打呼哨。

几个坐在边上的婊子也给惊动了，想着这晚上要是能把这个牛旦拐带走，等于带走一个钱柜子。她们中一个二十好几的女子站起来，挤开围观的男人们，走到牛旦面前。她脸上扑着日本粉，描着柳叶眉，一张日本美女的红艳小嘴。牛旦很有兴趣地使劲看她一眼，似乎想在这一张美女面孔上找出她的真模样来。她穿着一件黑绸子旗袍，肩上披一件银狐披肩。识货的人一眼看出那都是日本的假绸缎假皮草。洛阳城日本货大倾销，人们说那假绸缎除了穿着不舒服，啥都好。

人们见这个一身“俏孝”的女人把牛旦扶起来，呼哨打得更响了。牛旦在账房兑了钱，就让佳人架走了。

“咱去哪儿？”牛旦在赌场门口问。

“去我那儿歇歇，我给你熬醒酒的酸辣汤。”

“我可好喝酸辣汤。”牛旦好脾气地对她说道，样子好乖、好认真。

在人缝中看见自己的儿子如此的乖觉憨厚，铁梨花眼睛都潮了。她是在牛旦开始赢钱的时候进来的。她来赌窑是想当场抓住儿子嗜赌成癖，省得他事后抵赖。

牛旦跟着一身“俏孝”的佳人出了赌场，往一条巷子里走。

“牛旦儿。”铁梨花叫道。

牛旦停住脚，回过头。巷口有一家浴堂，门口挂两个灯笼。梨花看见牛旦在两个灯笼之间，懵懂得竟有些孩子气。

“妈，我赢钱了！”他像孩子报喜那样高兴。

铁梨花不动，也不吭气。

“咱走不走？”俏佳人说。她还学着日本婊子的样儿，两手捂在膝头上，给铁梨花低低地鞠了一躬，表示她和她儿子有正事，不得已告辞了。

牛旦把佳人挽在他胳膊上的两只手甩开，朝铁梨花走来，迈着乐颠颠的醉汉步子。

“妈，看看——”他从袖口里摸出一张银票，“妈，这是给你的。”

铁梨花没接那银票。她知道那是三百八十块钱。差不多就是顶壮丁的价。三儿没回来。从枪子下逃生不会老走运。

她只是转身独自走去。而牛旦却巴结地跟上来。讨好卖乖让他的醉态弄得带几分丑角的滑稽。她一见到儿子如此憨态就十分没出息，像所有偏袒、护短、缺见识的女人一样，啥都不想再和他较真。

那个俏婊子又跟了几步，知道她的戏完了，眼巴巴地看着原本能让她搬回家的钱柜子走远了，上了他母亲的骡车。

骡子从瞌睡中醒来，牢骚颇大地打两个响鼻，使着小性子上了路。铁梨花随它慢慢颠，鞭子也不真去抽它。

“妈，今晚一上手，我就知道有个贵人暗中帮我了……”牛旦打了个气味辛辣的酒嗝。

“你答应妈不沾那东西的。”

牛旦哈哈大笑。梨花从来没听他这样笑过。就是那种财大气粗、天下事都不在话下的大笑——赵元庚的大笑。

“妈你可真傻！天下哪儿有不糊弄他娘的儿子？我还答应您不沾洛阳铲呢！”

梨花似乎被他的笑感染，也顺着他的好心情拍了他一巴掌。这就是年轻母亲和成熟儿子之间特有的亲昵、嗔怒。

“坏东西！”

“妈，您还有不知道的呢！”

“不知道啥？”

“您儿子的‘坏’呀。”

“把谁家抢了？”

“抢钱还不如赢钱痛快。我还逛过窑子呢！”

“逛过几回？”

“就三回。”

“刚才那个漂亮闺女你逛过？”

“谁要她呀？一堆抹了粉的狗屎。等我再赢几把，弄个千儿八百，去洛阳置块地，盖一院三进的大瓦房，接您享福去！……”

梨花知道他在说醉话。她说：“赌钱这东西，你赢一百块钱，一千块早输进去了。”

“那是那些倒霉蛋儿！我命里有赌运。听人说我爸就赌命亨通……”

“你爸？……你爸是谁？”梨花和儿子的亲昵顿时没了。

“我知道我爸是谁。妈，你瞒我也没用……”他撒娇放赖地朝梨花这边靠过来，梨花一抽身，他往后倒去，“您为啥不叫我知道我爸是赵元庚？”他索性半躺着，脸向黑夜问道。

“谁告诉你的？！”

“您说他是不是？”

“不是。你是你妈跟人私奔生的私娃子。你妈年轻时可风流。不过叫谁逛也不叫姓赵的逛。”

牛旦不做声了，过一会儿又自个儿和自个儿笑起来。那意思是：妈您糊弄鬼去吧。

到家时牛旦睡着了。铁梨花把他搀扶到车下，他满口是醉汉的旦旦信誓：只要他有足够的钱盖一院三进的大瓦房，娶上一个像母亲这样聪明的绝代美人，他再不去沾洛阳铲，再不去赌钱。

梨花也像敷衍醉汉那样，满口领情。

“妈，您知道不，我做啥都想让您高兴！我小时候不吃咸鸡蛋，您吵我，我怕您不高兴，就忍着恶心吃了……您高兴，我心里高兴得跟啥似的！”母亲知道这是他的真心话，只不过醉酒给了他口才。

铁梨花替儿子脱下鞋、袜，又脱掉他的衣裤。他穿着短裤短衫，等着母亲拉开棉被给他裹上。母亲从他一尺三寸长就给他裹被子。现在母亲看着七尺的儿子躺在厚实的棉被里，还是个躺在巨大襁褓里的娃子。母亲心想，他能永远被她的襁褓束缚多好。

可是儿子早就挣脱了她的襁褓。她的襁褓是疼爱、偏袒，也是保护、制约。第二天，当她看着他一身腱子肉，一身牛劲，坐在早晨的太阳里修理农具时，她暗自惊惧，这么个健壮年轻汉子，这么个什么都干得出来的男人，她昨晚竟想把他还搁回自己的襁褓去！她还巴望自己的襁褓对他有着最后的法力？……

梨花坐在院子里，边纺花边想心事。太阳晒得她软绵绵的，要没有满心狂乱的心事，她倒想靠着墙打个懒猫瞌睡。

一个人在门外打听，铁梨花是不是住这门里。门外的某人说，这里正是梨花婶子的家。

这个人的口音她是认得出的。她赶紧跑回屋里，对镜子摘掉纺花落在头发上的白絮丝，又找出刷子，满身地刷着灰土。刷着她又瞧不起自己了：你难道想和这人咋着吗？拾掇什么呢？！……

从窗子看，推门进来的张吉安几乎成了另一个人。长衫不见了，穿成一身西装，戴了一副黑框子眼镜。

“在纺花呢？”张吉安穿过院子，朝她所在的屋走来。

“牛旦，谁来了？”她大声说道。明知牛旦不在家。

等她干净利索地迎出去的时候，张吉安从西装口袋里拿出个小绸布包。

“看着好玩，给你买下了。”他漫不经心地把小绸布包往她手里一塞。

她手指一碰就知道里面是一件首饰。打开绸包，里面装一枚金丝盘绕的月兔，两只眼睛是两颗红宝石。

“这是真金的？”她装傻地问道。

“吉安大哥能给你买真金的吗？当然是假的！”张吉安逗乐地笑着说，“这叫胸针，城市女人用来别在大衣上的。别在你这领口上，也挺‘紫烈’。”

他的山东口音把“姿烈”说成“紫烈”。

梨花便拿着那月兔，对镜子往她黑袄子的领口上别。一面说：“那我可得好好‘紫烈’‘紫烈’。”

她和他先得打诨打够，再出其不意地问他，为什么和那个日本走私犯一块儿消失了，消失到哪里去了，怎么又在她屋里冒了出来……

“我咋会知道那家伙是个日本鬼子？”张吉安就像猜透她心思似的，刚一落座便说起他和那鬼子尹医生的交易和交情：他们是由于爱古董一见如故的。

梨花附和着说她也一点也没听出尹医生的日本口音。

“我在津县，一听说赵元庚的人抄了尹医生的诊所，就赶紧叫人把我店里的东西全搬出来了。那鬼子走私犯一定经不住赵元庚的酷刑，很快就把我招出来，果然，第二天他的兵就把我在上河的店铺给砸了。不过也没啥砸的，都搬空了。”

铁梨花没有说：听上河镇的人说，你在尹医生败露前就卖掉了所有房产，比那日本鬼子消失得还早些。

“有人说呀，那鬼子挟带了一个镂空鸳鸯枕，叫赵元庚给砸了。”铁梨花说。

“我也听说了。”张吉安说。

张吉安见铁梨花要起身去厨房烧水沏茶，马上拦住她，说他坐坐还得走。

“我这土窑不配你歇个脚，是不是？”梨花嗔怒地说，“你要是一口茶也不喝就走，以后你别来了，啊？”

张吉安只好又坐下。但他机警地朝窗外看了一眼。

两人在八仙桌旁端坐下喝茶的时候，铁梨花已经看出张吉安揣了短枪在身上。

张吉安说这一阵日本人这样热衷古董走私，其实就是所谓的镂空熏香鸳鸯枕引起的。秋天那个巡抚夫人的墓终于被人掘了。这回的墓可是真墓——过去掘出来的几座墓，都是假的。这个墓里的鸳鸯枕，自然也就是真货了。

“是我在你店里看见的那个？”梨花一边嗑瓜子一边问道。她明白张吉安上次拿出那个枕头和今天的突然造访，都是在刺探她。但到底想刺探什么，她还在摸黑。

“那个不是真的，做的不比真的差就是了。”张吉安从口袋掏出烟嘴、烟卷，“你知道真的在谁那儿？”他点着烟，看着自己的膝头，“真的在赵元庚手里。”

铁梨花这回是真蒙了。

“最近被从真墓里盗出来的，人人都以为是真的，其实是个一流赝品。是赵元庚把真货盗出来之后，搁进去的一个一流赝品。”

铁梨花嗑瓜子的声响在暂时的沉默中听着十分的响，爆着一个个小鞭炮似的。刚才张吉安的话让她脑子顿时成了个大空洞，空得呼呼过风。栓儿和牛旦掘出来的是个假货？！为一个假货她失去了一个儿子？！一个假货把她花了十年工夫才过踏实的平民日子又掀了？眼前这个张吉安怎么会知道这么多？他知道她逃出赵府后敲过十年疙瘩？凭她过人的天分成了首领？成了敲疙瘩的人的“铁娘娘”，这些敲疙瘩的都传说她那与生俱来的探墓神术——只要她头一晕，她脚下准有一个千百年的老墓……张吉安对她在阴阳间隐游的那十年，知晓多少？

她满脑子都是对张吉安的审问，耳朵并不闲着，把他正说着的话都细细听进去了。他告诉她，帮着赵元庚探到巡抚夫人墓的人，正是徐凤志的父亲徐孝甫。

铁梨花搁在牙齿之间的瓜子连壳落进了嗓子眼。

张吉安接着说，二十多年前，她逃离了赵家之后，徐孝甫花了三个月才探到那座墓。赵元庚让他把真货盗出来，把一个逼真的赝品再装回棺材里。恢复成原样的墓除了徐孝甫本人，谁也分辨不出。没多久，徐孝甫得了什么“疑难杂症”，一个月不到就死了。赵元庚以为这样一调包就不会再有人惦记那个真货了。

“你是咋知道的？”铁梨花又拿起一颗瓜子。

“我当然是留了亲信在赵家。再说，要是知道他的为人，这些也不难推测。”张吉安笑眯眯地看着她，“世上没人比我更了解我这位表兄了。”

铁梨花说：“他知道我这些年藏在哪里，就是不来找我，是吧？”

“他暗地布置人跟着你。你掘出的东西总要出手吧？就像燕子跟着人不跟蚂蚱一样。人在草里一走，蚂蚱、蚊子自然就给惊飞了，燕子跟着人就尽吃吧。”

铁梨花心里苦笑：原以为姓赵的钟爱她的美色呢。

“后来你洗手不干了，落户到这里，他就找不到你了。我听说他派人在洛阳、津县都找过你。他咋也没想到你会做个老实农家婆儿，在这里种红薯、纺棉花。他以为他了解你，以为你人能老实下来，心也老实不了。”

铁梨花想，失去一个儿子，或许两个儿子，才能明白老实种红薯、纺棉花有多美。现在全晚了。心里几乎认了全盘皆输，但她脸上摆出的却是最魅惑人的那个笑容。

“吉安大哥，咱不说他了。说他让咱老不带劲。”

张吉安叹一口气，站起身，打算告辞了。

“吃了晌午饭再走，我杀只鸡给你炖炖！”铁梨花替他做了主。

“我还得赶车回去。”

“不回去！”

“不回去？你是要娇屋藏金喽？”

张吉安头一次用这种笑逗她。

“那咋着？藏不住你？”梨花铁下心来，要逗就逗到底，她得让他看看，她逗不恼，她很识逗。

张吉安猛地把她抱进怀里。

“梨花这名字好，”他说，“我爱叫，爱听人叫你。梨花，你可不能再叫我等了。你只管点个头，我就带你走，咱去郑州，不行就去开封、西安……”

铁梨花像条黄河鲤鱼那样一个打挺，已经在两尺之外，面对着他站着了。她的脸红得像未经男女事务的小闺女。

“我可哪儿也不去。哪儿我都过不惯。”

“……依你。咱哪儿也不去。”

“知道为啥我哪儿也不去吗？”

“为那个瞎子？”

梨花给了他一道蓝幽幽的眼光。

“就为你对他这份情义，我更敬重你，也更疼你——你剩下的几十年就整天伺候个瞎子？”

“吉安大哥，咱命浅，盛不了你给我的福分。”

“梨花，你这话是刀子，扎我呢？”

“你的心我领了。咱们还有来世。”

“来世？要真有来世，人才不会这么想不开！”张吉安突然变得愤愤的、也狠狠的，被什么苦痛念头咬疼了似的。“要是真有来世，赵元庚的老母亲也不会把那个瓷枕头带走。为那个宝贝，赵家上上下下得瞒哄多少人？让老太太偷偷落土，让个空棺材填上假人填得沉甸甸的，停在那里停三个月……那就是他们谁也不相信有来世！你相信吗，梨花？你一天也没信过！不然你会去……”

铁梨花知道他咽回去的半句话是什么。“你会去掘老坟、敲疙瘩？你不怕来世遭报应？”

“那老太婆一辈子好热闹，这会儿一个人挺在孤坟里，老没趣儿啊！”她说，“谁能探到她老人家的墓，可就给老人家解闷儿了。”

“谁探着她老人家的墓，谁就得着那个真瓷枕头了。”

铁梨花再一次朝他魅气十足地笑了笑：“吉安大哥找梨花妹子合伙来了？”

张吉安笑笑：“纺了十年花，种了十年麦，梨花大隐十年，恐怕更有仙气了。”

“你听说了？”

“谁能不听说？说你十来岁就是一面探宝镜子。”

“说我大隐十年，也对。这十年我过得可美。睡觉梦都不做。你要真想要我跟你走，咱还得过这不做梦的日子。”她双眼蓝幽幽地望着他。

哪个男人给她这样望着，也不敢不说实话。

所以张吉安赶紧把眼睛挪开。

“梨花，跟了我你不会后悔的。你要啥我没有？除了我，其他那些男人也敢爱你铁梨花？”

捌

柳天赐听见凤儿还在隔壁忙活。这么晚了，她还在批改学生们的功课。学生从四十几增加到六十，董家镇上有几个学生听说董村的柳先生教得好，还不打板子，都转到这个土坯学校来了。

他这几天受了凉，天一黑就咳嗽。咳紧了凤儿就会跑过来，从棉窝里提出一把瓦水壶，给他倒一碗热水。

这时凤儿给他把水端到手里，一面说："听您咳嗽都像个老头儿了！"

"那我可不就是个老头儿了，闺女都出嫁了。"

凤儿一阵沉默。柳天赐在心里懊悔：打嘴打嘴，你真是老了不是？往哪儿说不成非往她伤心处说呢？！……

"不行咱找个媒人去你梨花婶子家说说，把你和牛旦的亲事定下……"

"不去。"凤儿说。

柳天赐这几天已经注意到凤儿的坏心情。有时她还会躲着掉泪。都是黑子引起的，她的梨花婶的揣测让这闺女心里难坏了：栓儿独贪了宝贝，正花天酒地呢！她凤儿聪明一世，糊涂一时，怎么当时会挑上栓儿？现在闺女不闺女、寡妇不寡妇。就是牛旦真爱她，她也是两难，只要栓儿活着，她就不算守寡呀！可是牛旦死死咬定，他亲眼看见栓儿叫大水卷跑了……

“闺女，知道爸为啥这么疼你吗？因为你小的时候，爸就看出来，你不像一般的小闺女，你心里能装些大事儿。”柳天赐的声音非常和缓。

这和缓里的严厉和失望只有柳凤能听得出来。她明白父亲从来不会板着脸说教，他的一言一行、为人处世已教了她太多了。他的失望在于他一直以为凤儿能和他一样，不在自己的一得一失上过分纠缠，不会为一得一失而过分得意或过分痛心。他原指望她能做他的帮手，好好办学。他总是相信，学办好了，让命苦的人也学着从个人的一得一失之外找到寄托，树立志向，命苦的人就苦到头了。他的好学生里就有志向大的。有一些进了大学。其中一个在大学里成了抗日分子，回到母校秘密宣传抗日，让汉奸出卖，躲到他家。大学生走了不久被日本人抓了，把他连累进去，他才带着柳凤逃到董村。可他心里一点也不怪那个学生。因为他相信他们是一样的人，是真的男人。真的男人意味着不在自己的一点苦和福里缠磨。这些柳凤都见证了，她却这样和自己缠磨不清，成了父亲瞧不上的典型小闺女。

第二天，柳凤心里豁亮了一些。她和牛旦套上车去山上打柴。一天冷似一天，得趁着太阳好把柴晒干，在下雪的时候用。两人在一块儿砍了一下午的柴，一共说了不下十句话。

等车装满，牛旦先跳上来，又伸手来拽柳凤。凤儿坐上车后，牛旦没头没脑地来了一句："咋没看你穿那红绒布袄子？"

他知道凤儿和他母亲裁剪了一晚上，把那块红绒布剪出一件袄面子来。又看她俩人一块儿絮棉花，还听她两人商量滚什么颜色的边，盘什么花式的纽扣。

"那穿着人家不笑话？"凤儿说。

"笑啥呢？"

"你不懂笑啥？"

她脸红红地看着前头洼洼坎坎的山路。看来这憨子真不懂。

"栓儿不在，我穿恁红，人家该说我爸没教好他闺女了。"

牛旦明白了，没吭气。

"叫他们说去。咱柳叔是办新学的。"他闷了至少有一袋烟工夫才说。

凤儿以为他不想接着往下谈了，没想到他突然冒出这句来，这憨子把好几天没笑的她逗笑了。

快到牛旦家门口了，凤儿向外头挪了挪屁股，意思是怕人看见一男一女坐那么近。牛旦一把拉住她。凤儿感觉出来他的手心出了一层汗。再看他脸，鼻尖上也油腻腻的，好像也是细汗。他眼睛非常狠，鼻孔张大了，上唇翘上去，露出方而大的牙。

凤儿有点怕牛旦这副样子。

牛旦飞快地撤换出拉住她的手，原先那只手从她腰后绕过去，伸到她袄子里面。她的肌肤一下子沾上了他手上黏湿的汗。她心里一麻，说不上自己喜不喜欢这突来的亲近。她告诉自己，这是牛旦儿啊，是梨花婶的憨小子啊，你怕啥呀？这一想，她眼一闭，软在他怀里。

他滚热的呼吸喷到她嘴唇上。他伸在她袄子里的手把她的身子抓疼了。

“叫人看见！”凤儿轻声呵斥。

他根本就听不见。

“牛旦儿！牛旦儿有人来了！……”凤儿说。

他知道她吓唬他。冬天黑得早，各户喝汤也喝得早，省得点灯熬油。这时黄昏的余阳还在秃了的柿树梢上，田野上一个人影也没有。

“咱先进院里去……”凤儿在央求他了。

牛旦的唇上一层毛茸茸的短须，压在凤儿还没合上的嘴上。

“……我梨花婶托的那个人，咋还没把栓儿的消息打听回来……”凤儿的嘴唇挣扎出来说。

她把手摸在他的腮帮上。他刮脸刮得再勤，那络腮胡总是把他下半个脸弄成一片青灰色。

他一下扒开她摸在他络腮胡上的手。这时他才真的可怕起来。那么狠地瞪着她。然后他狠狠的眼神蔫了，就像刚认出她是谁似的，他猛一醒。认出她是谁了呢？是他两个月前还叫“嫂子”的女人？最后一次叫她嫂子，就是那天黎明。就是他和栓儿一块儿出去敲疙瘩的那个大雨的黎明。

牛旦逃似的跳下车。凤儿想，栓儿是活着是死了，他都是他牛旦兄弟心里最疼的地方，碰不得。这一想，凤儿真想把牛旦拉回自己怀里，好好疼爱一番。虽说柳凤比牛旦小两岁，毕竟让他叫嫂子叫了两个月，这时对他生出一种姐姐式的温情。

牛旦闷头把打的柴往下卸。凤儿打算赶着骡子把自家的柴送回去，却听梨花叫她：“凤儿！”

柳凤儿一抬头，看见梨花在屋顶上。她在那上面收晒了一天的柿饼。刚才她和牛旦那一幕，也不知这个婶子看见没有，看见多少……

“梨花婶，你吓俺这一跳！”

“给你爸拿上点馍，省得你回家蒸。”

“不了，俺们老吃您的东西！……”

“你不拿，还得让我跑趟腿送去。”

“那您就送呗，正好俺们能留您吃晚饭。”

“有啥好吃的？”

“您一来，俺爸吃啥都好吃！”

“这死闺女！……高低进来坐一会儿，陪婶子说会儿话！”

柳凤只好跳下车。她帮着牛旦把两大捆柴搬进门，心里还在为梨花看见她和牛旦的那场亲热别扭，这时只听见牛旦“呃”

了一声。这不是寻常的嗓音，是人在噩梦里才会叫出来的声音：他觉着自己怎么也叫不出声，其实叫得声音已经很响。这声音让别人听上去汗毛凛凛的。

凤儿赶紧朝牛旦转过脸。牛旦的脸色土黄，比那一声“呃”更可怕。若把这脸搁平，烧上黄表纸就能哭丧了。

“牛旦，你咋了？脸恁黄？”

牛旦看着五步远的地方。

凤儿回头，见五步远的厨房的墙上钉了一张黑色的狗皮。刚刚钉上去的，大张的嘴角还有血迹。那是很大一条狗，把一面墙都遮黑了。

“凤儿，你接把手来！……”铁梨花在屋顶上叫道。

柳凤不动。

“梨花婶！牛旦这是咋了？！”

“他呀？不听话呗，衣服穿少了，夜里受了风寒。肚子也不好，跑好几趟茅房，鞋都踩到泥洼子里去了！……”梨花又是疼爱又是抱怨地对柳凤说。

牛旦低着头走开，快步进了黑洞洞的堂屋。柳凤跑过去，接过梨花递下来的柿饼串子。

“大小伙子，没事！回头我给他熬点药，驱驱寒气，也驱驱邪气。”

“驱邪气？”

“咱这一带呀，寒气里都带邪气。阴气太重。你没觉着阴气重吗？”

柳凤让这婶子弄得有些迷糊：她像在跟自己说话，可更像在跟一个她看不见的人在说话。梨花婶子的聪慧精明，有口皆碑，从来不会像此刻这样神道。

“这两天，总觉着一股邪寒往骨缝里渗，浑身的疼呀！”铁梨花从梯子上下来，手脚轻盈如燕，可口气像村里所有上岁数的老太婆似的。从她细条条、袅袅娜娜的身段上看，离那种上岁数的“疼”还远着呢。

“你可别走啊，孩子。我可想你呢！”梨花拉着柳凤的胳膊，拉得老紧的，“高低拿上点蒸馍给你爸。都蒸在锅里呢。”

柳凤想问问那张小牛皮大的狗皮从哪里来的，但她插不上话。梨花絮絮叨叨、神神道道，可又不知她到底想说什么。

“牛旦，点上灯吧！我留凤儿跟咱一块儿喝汤。”

牛旦在屋里一声不吭。

“这孩子，不点灯，想给我省油钱呢！”

饭桌摆开，柳凤把一碗碗汤往堂屋端。

铁梨花叫道：“牛旦，咋让客人动手啊？你来端端菜！”

牛旦踩着鞋帮“踢里踏拉”地往厨房走来。凤儿这时端着一大盘炒萝卜丝走出厨房。

“我这憨儿子，眼里就是没活儿。”梨花“打是疼骂是爱”地抱怨着，“他会一只手端盘，空一只手，也不知顺带捎上筷子！栓儿这点可比牛旦强……”

铁梨花一边摆下筷子，一边连怨带笑地说着。

“婶子您别再提那人了！”柳凤说道。

“栓儿做活儿就是漂亮啊。”梨花说。

三个人都知道这不是真的。栓儿勤劳不假，眼里也有活儿，但论谁能做出漂亮活儿来，全村都得数牛旦。牛旦是颗算盘珠，拨拉它，它才动，一动起来，不把活儿做漂亮他不歇手。

“栓儿进出手都不会空着，不像我牛旦……”

“婶子，我不想再听这人的名儿了！”柳凤声音僵板板地说。

铁梨花似乎没听出她在回敬她这个长辈，还给她夹了一瓣咸鸡蛋。

“咱有一句说一句，是不是，牛旦？”梨花说。

“他还算个人吗？为那点陪伴尸骨的东西抛家弃妻！”凤儿说。

牛旦喝汤的声音特别响。油灯的光亮中，他吃得一头汗，汗珠亮闪闪的。

“妈，你们吃，我出去转转。”他搁下碗的同时，站起身。

“牛旦你先坐下。”梨花说。

牛旦又坐下来。

“昨天几个八路让日本人抓了，都砍了头，你知道不？就在火车站外面。那几个八路夜里下山来，去摸鬼子的营，摸掉一个鬼子哨兵。八路身上带的有手榴弹，见那鬼子营房的窗子开了半扇，就往里扔。这鬼子们的窗子上全有纱窗子，八路看不出来，手榴弹可就让纱窗子弹回来了，炸伤了俩八路，剩下的八路背着伤号跑不快，全让鬼子抓了。今天早上在火车站斩首示众。那八路好汉能不报仇？今晚说不准有仗要打哩！……”

牛旦只好坐在板凳上，一看就是正在想借口再溜。

“刚才咱说哪儿了？凤儿说栓儿咋的？抛家弃妻？……”

柳凤这时打算告辞，站起身来：“婶子，不是我说您，当时您要把实话告诉我爸，我爸准不答应和栓儿这门亲事。谁知道他干的是这么个缺德勾当？天底下还有比掘人老坟还造孽的勾当没有？您明知他那洛阳铲就没闲过！现今他花天酒地活着也好，暴尸野地也好，就算我从来没认识过这人！”

铁梨花和牛旦都不言语。一向喜庆温顺的柳凤甩开脾气，口气跟那种让鬼子绑走的抗日女学生一模一样。

“您不要再跟我提他！”她腮上挂起泪珠，“我和一个强盗做了一场夫妻！还是强盗里罪孽最深的！不敢明抢活人，只敢暗抢死人……”

“‘盗亦有道’！”铁梨花打断柳凤。她这四个字马上止住了凤儿的脾气。

“盗墓这行，最讲究的就是信义、情义。为啥它总是一家子、哥儿几个合伙呢？只有一脉相承的亲人才信得过。所以能合伙敲疙瘩的人，到终了就活成了一家子。我这条命就是盗墓贼救下的。没有情同手足的栓儿爹、栓儿妈，有我和牛旦今天坐在这儿吗？这种情义是寻常人家没有的，这是性命相托的情义！”

柳凤不知去留地站在门口。

“你回来。”梨花说，声音不轻不重。

柳凤给线拽住一样，一步、两步、三步，走回桌边。

“你坐下。”

柳凤还没等梨花的话落音，已经坐下了。就跟赐了她座儿似的。这个铁娘娘不耍威风就峥嵘毕露了。在铁梨花露出要收回她对你的宠爱时，你会懊悔你太作了，你顿时意识到曾经得到的宠幸是多么不易。柳凤坐在那儿，只希望别太招这铁娘娘的嫌弃。

“我们这行的信条，就是‘盗亦有道’。栓儿遵守了这个信条。他死得清清白白。”

牛旦和柳凤同时张了一下嘴，瞪着她：说他独贪了财宝，无耻地活在某地的不也是您吗？

“栓儿死了。我知道他早就不在了。”

当她这样说的时候，别人的反驳、疑问早就不作数了。所以柳凤半张着的嘴又慢慢合上，听到了定论一般。

“那您是咋知道的？”凤儿轻声问道。

“他就像我自己生的孩子一样。孩子死了，妈咋能不知道？……这风啊、雨啊、云啊都是栓儿的魂，这些天，在哪儿我都能看见我栓儿的影子……”

她的声音平直，无悲无忧，是那种伤心过度后的平静。

牛旦受了恐吓似的说：“妈您尽说的这是啥呀？……”

“我也能从黑子眼睛里看见栓儿……栓儿就从黑子那双眼里

直直地瞅着人……”铁梨花说。

柳凤脊梁“飕飕”地过凉风。她一把拉住牛旦的手，想要他护着点儿自己，但她发现那手握成一个铁砣般的拳头。

这时铁梨花站起来，拿起一只碗、一双筷子，走出堂屋，走到只剩最后一点黄昏光亮的院子里。现在她在屋内手握手的年轻男女眼里，是黄昏里一条细条条轻飘飘的影子。她仰脸向天，用筷子敲着碗，突然用拔高的嗓音说：“栓儿，回家来喝汤啦！”

大门“咣咣”地响起来。

牛旦反过来把凤儿的手就要攥碎了。

铁梨花对门外说：“来啦！”然后她转脸朝堂屋喊：“牛旦，掌上灯，陪妈到门口看看，谁来了。”

牛旦不动。

“牛旦，没听见呐你？”母亲发火了。

牛旦只得拿着灯，走出堂屋的门。铁梨花却已经独自走到大门口了。牛旦此刻走到厨房位置，那张冒着血腥气的黑色狗皮就在他身后。门被铁梨花拉开，黑子如同一阵黑风似的刮进来。

“娘！”牛旦叫了一声，同时向后退去，正靠在那张黑狗皮上。

牛旦从两岁以后就不再叫母亲“娘”了，改口叫“妈”。栓儿管他母亲叫妈，牛旦跟栓儿学的。

梨花被他两岁的呼唤给叫醒了，几步窜回来，一脚踢在黑狗胸口上。

“死狗！看吓着我的孩子！”说着她已把牛旦搂在怀里，脚踩在打碎的煤油灯玻璃罩上，一块玻璃被踩崩了，弹得老高。

“不怕，娘在这儿，怕啥？”梨花说着，眼泪淌了满脸。“这是柳叔家的黑子呀，你怕它干啥？……”

黑子被无来由地踢了一脚，委屈至极，马上跑到女主人凤儿面前，嗓子眼发出又尖又细的娇怨声。

“噢，是这块狗皮吓着你了？我这憨儿子，这是妈从镇上孙屠夫那儿买的，打算给你柳叔做床狗皮褥子，他住那窑屋可潮哇。”

铁梨花感觉牛旦抽紧的身体渐渐松开了一些。

“怪妈不好……都怪妈……”她说着，哭得更悲切了。“妈该早些告诉你，省得把我孩子吓成这样……”

柳凤觉得她又懂又不懂眼前的母子。梨花已经不再是刚才神神道道的女人，但她也不再是以往的那个亲热可人的婶子了。

“凤儿，来，帮婶子扶牛旦回屋睡去。受了寒就怕受惊吓。这下恐怕得有几天养了。”

她一手搂住牛旦的腰，另一只手把儿子的胳膊搭在自己肩上。“这憨小子，这两月吃胖了。”凤儿走过来，要接手，牛旦自己站稳了脚，朝屋里走去。

“去照应照应他，”梨花对柳凤说，“他小时就这样，新红薯起上来，他就吃胖了。”

其实她知道他是在哪里吃胖的。赌场老板夜里白白供赌爷们吃：蜜三刀、萨其马、枣泥酥，爱吃多少吃多少。

夜里她听见更夫敲二更。这是她抽了六锅烟之后。牛旦的屋门冒出一声板胡调。她踢开棉被下到床下，两脚准准插在早就摆好的鞋里。

外头白白的一地月光。火车在几十里外的叫声听着也不远。牛旦出了大门，向西一拐。那条小道笔直插进平坦的麦地，麦地中偶尔有些坟头，这里那里站着上百岁的柿树。这儿的山老、地老、土老，土下的尸骨、物什也老。人心也老。

梨花想着这些无边际的念头，跟在牛旦后面，从小道上了大道。说是大道，不过能过一辆骡车。车轮轧下五寸深的车辙，里面的水结了层薄冰，月光一照，满路都是镜子。

他走得不快不慢，脚不择路，是泥是水都蹚。

母亲和儿子的距离拉近了些。她怕他摔倒。这时摔倒会摔得很重，也会摔得灵魂出窍。据说梦游的人突然给弄醒魂魄会飞出去，那就没命了。

牛旦到了盗圣庙前，笔直地打了个弯，从两扇仅开了一尺半的庙门走进去。走偏一点，都会撞在山门上。这是他走得太熟的路：有空就来修修案子，上上油漆。最近铁梨花发现半扇让虫蛀烂的窗子也修好了，换了一根木条，油得血红。

母亲悄声跟进庙门，站在那根漆味很浓的柱子后面。儿子跪了下来，双手合十。他五体投地膜拜的时候，她抓了一把香灰，撒在庙门口。

离开盗圣庙之后，铁梨花几乎是紧跟在儿子身后回家的。这天夜里很安静，一声枪响也没有。

清早她起床梳头，站在院子里一遍一遍地梳着她的长头发。头发还是那么沉甸甸的。生牛旦之后得了一场病，也不知什么怪病，发烧烧得头发掉了一半。她那时以为她会顶着剩下的半头头发过一辈子了，可第二年掉了的头发就长回来了，长得恶狠狠的，比原先还茂盛。生牛旦的日子，像是上辈子的事。

她正梳头，听见牛旦起来了。不久她听他叫道："妈！妈！"

"咋了？"

"我的鞋呢？"

"噢，我给你拎出来了。上头尽是泥！"说着她把靠着墙根立着的两只鞋提起来，走过去，推开牛旦的门，"那，你看，踩成泥团儿了。"

牛旦接过鞋，迷迷糊糊的脸马上醒了。

"咋踩这么多泥呢？昨晚还干干净净的……"

"问你呀。"

"我没出去……没去赌场。"

"我没说你去了。"

母亲笑笑，手指点在那鞋尖上灰白的粉面儿："这是啥？看着咋像香灰？"

牛旦用手指捻起一点灰白的东西："是香灰。"他把两眼瞪向母亲。

"会是香灰？不会。"母亲说。

他求救地看着母亲的脸，希望母亲“扑哧”一笑，说：“逗你玩！”可母亲也看着他。

“看我弄啥？”母亲又笑笑，“你自己不知道我会知道？看看咱家的鸡呢？昨天放出笼子，没多久就都瘟了。要不我说这一阵邪气重阴气深，我自己做的事全不记得：把狗食搁在鸡笼里弄啥？把鸡全吃死了。”

“您……您咋把柳叔家的狗食盆拿咱家来了？”牛旦跺跺脚。

“我不拿过来，不就把黑子吃死了？你不是在柳叔家的这个盆里拌了食吗？”母亲一下一下地梳理她的长头发。头发黑黑地掩了她整个上半身。

“……拌啥食儿？我有好几天没去柳叔那儿了。”

“那事用不着你去。找个学生去就行了。学生都是穷娃子，没见过一块大洋那么大的钱。”母亲不紧不慢地说。

牛旦只是喘气，越喘气越粗。

“我恨那黑狗！”他突然发作起来，“它根本不是俺们原先的黑子！它一见我和柳凤亲，就咬我！毒死它便宜了它，该活剥它的皮，抽它的筋……”

“我知道，孩子。”

梨花把梳子叼在嘴上，双手拢发髻，尖尖的下巴往厨房墙上的黑狗皮一指。牛旦抽一口气，赶紧把眼睛转向别处。

“我就不信它是俺们的黑子！……它是鬼变的畜生，会挑拨，吃醋哩……老公狗作怪，对它女主人动了邪念了！它肯定不是黑子，就是跑来冒名顶替黑子的野狗。没准还有点狼的血脉！我就是恨它！”牛旦咬牙切齿，好些天没刮的络腮胡都奓起刺来。

“我知道。”母亲绑好发髻，淡淡地笑着，淡淡地拍拍肩上的头皮屑、碎头发。

“那您啥意思？怨我谋它的狗命？！算它狗命大……”

“我想问问，你谋害这狗东西的狗命，究竟是嫌它老碍着你和柳凤的好事啊？还是嫌它冒名顶替原先的黑子？”

牛旦给问住了。

“反正我恨它。”他赌气似的说，憨小子的劲又上来了。

这副憨小子劲让母亲疼爱至极。她不吭声地走到儿子面前，把儿子抱着。

“妈想请个媒人，到柳叔家去，给凤儿提个亲。”

牛旦慢慢从母亲怀抱里脱了身。

“看你的样儿！啥事那么愁人？……担心娶凤儿没钱？钱你甭愁，我给你预备了。”

“我不愁钱。”

“哟，董村顶大的财主董葫芦还愁钱呢。这个世上多大的老财都没有说他不愁钱的。你咋就不愁钱了？”母亲逗儿子。

“妈，董村的财主也叫有钱？就他那三进院子，卖卖，在洛阳、郑州也就够买个鸡窝。等我在洛阳、西安置下三进院子的房，我就接您去，好好享福……”

铁梨花泪汪汪地看着他。她想，那是他醉时说的话呀。看来他醉得太沉，醒不来了。

“妈您咋了？”

铁梨花呆呆地，任泪水流下来。

牛旦伸出憨憨的大巴掌，没头没脑地抹着母亲的腮、下巴。

“别擦。我这是……我听着，心里头美哩。”

“您不信？”

“信不信我心里都美着哩。”

“妈，这块地方，要说能称得上财主的，也就是我爸。”牛旦说。

铁梨花的心少跳一下。血亲的骨肉，末了还是血亲。

“既然你知道了，我就告诉你：赵老太太去世的时候，丢了句话，要他儿子找到他的长孙。”铁梨花心平气和地说。

“您也听说了？我奶奶说，赵家财产，头一份就要留给我。您想想，咱家在洛阳、西安、郑州的房，就是给咱一栋，那还不胜过他十个董葫芦？”

“我可是听说，赵家的告示一贴出来，几百个人都跑去认亲，连那四五十岁的人都想给赵元庚当儿子。”母亲说。

“那有啥用？咱有证据。”儿子看着西北，目光狠狠的，充满殷切，“妈，只要您和我一块儿去，那啥都甭说……”

“你姥爷是咋死的，我告诉过你没有？”

牛旦不吭气了。他好像没听进去，两眼看见的是日后的光景：三进的大院，高大的马车……

“你姥爷是叫赵元庚害死的。”

“妈，咱总不能让那几百个二流子冒充我，去冒领我奶奶给我的那份财产吧？”

梨花也变得狠狠的，说：“那可是不能。”她伸出手，抚摩着儿子的脸颊。

“妈您这手老冷啊！”

“去刮刮脸吧。”

“您答应了？”

“答应啥？”

“带我去赵家？”

母亲淡淡一笑：“是赵家的骨血，愁啥哩？”

铁梨花走到土坯教室门口，正在听学生读课文的柳天赐马上感觉到了，朝她微微转过脸，判断出是她站在门口，笑了笑。他的脸迎着南边进来的太阳，几乎全白的头发和塌陷的腮帮都被那笑里的明朗和纯净取代了：他又是二十多年前的天赐。

等学生们吃罢晌午饭的时候，天赐回到自己的窑院里，在过洞就喊：“梨花！梨花！”

铁梨花心里想：他也把这名儿叫得这么顺口，看来那个徐凤志真的死了。

“太阳好，给你把被子晒晒！”梨花说，一边用根树杈“噼噼啪啪”抽打着棉被，这样一打棉絮就“暄乎”了。

“你就是来给我晒被子呀？”天赐笑眯眯地站在被子那一面。

“那你说我来干啥？”

“来给凤儿提亲。”

“我给我自个儿提亲，中不中？”她说得一本正经。

“你不是早定了亲了？和柳家定的？”

梨花想，这人一心都在他学生身上，对她这一阵的经历没什么察觉。这一阵她心里经过了上下五千年：心比他打皱的脸、满头的白发还老。

“柳家该退亲了吧？都二十多年了。”

他听出她口气的阴郁。

“你咋了梨花？”他和她中间横着棉被、褥垫、麦秸垫。

“你叫我梨花？”

他用他那双看不见的眼睛“看”着她。这双眼在二十年前失了明，从此再没看见过脏东西，因此反倒明澈见底。

“我寻思着……”他话刚说一半，发现梨花转身进了堂屋。他跟着进去，手里的竹竿急急匆匆地点着地面，那竹竿远比他的脸不安。

“我寻思着呀，既然你打听出来，栓儿已经不在了，咱还是让两个孩子早点成亲吧。”

“这么急，村里人不笑话？凤儿连孝都没服。谁知她守寡了？”

“咱不张扬，喜事办简单些……”

“我给我自己提亲，你们柳家应不应？”

“我这是说正题儿呢。”

“我和你在扯偏题？”

“咱们俩还提啥亲啊？都是一头白头发的人了，你恩我爱，自个儿心里明白，就中了。”

“那不中。你得娶我。”

“孩子们都没嫁没娶，咱们老汉老婆先吹打起来，非把人笑死不可。”

“笑不着！咱们搬走！搬到没人认识咱的地方去！”

“你今儿是咋了？”他上来抓住她的手。

“你依不依我？”

“学校刚办起来……”他觉得她手冰冷，赶紧握在自己两个掌心里。

“到哪儿你找不着孩子办学？我还有几件首饰，能值点钱。搬到一个干净地方，咱从头来。”她头顶抵住他下巴，恳求地说。

“啥叫干净地方？”

铁梨花不说话了。她心里回答天赐：干净地方就是没盗墓这脏行当的地方，就是没有洛阳铲的地方。

“是不是……赵元庚又在找你？”

“好好的提他干啥？”她把手抽回来。

“学生的父母有那舌头长的……”

“说啥了？”

“说赵元庚还挺念旧情，二十来年，就是忘不了那个五奶奶，这一阵找她找得紧……我也没想到，那么个五毒俱全的东西，还有点真情。”

“你刺探我呢？”铁梨花挑衅起来。

柳天赐沉默了。

“你想把我推回去给他？是不是？”

柳天赐笑笑问：“推得回去吗？”

“你有你的学生、学校，我看你心里也搁不下我。你爹你妈就嫌我，嫌弃我爹是拿洛阳铲的。你那些学生的长舌头父母说啦：柳凤那么个断文识字的闺女，咋能跟栓儿、牛旦那种小子结亲呢？……”

“那是你说的，人家可没说！”

“噢，你护着他们？！”

柳天赐知道一碰她的自尊，她是不论理的。只要一提敲疙瘩盗墓，她自尊心就比飞蛾翅膀还娇嫩，稍碰就碎。

“梨花你小点声，叫学生们听见了……”

“你当先生的可得要面子，旁边搁着我这么个不清不白的婆子，再跟学生说人伦、道德，不好说啊。这就把我推给那姓赵的去了！……”

柳天赐手往后摸索，想找个椅子坐下，她气得他腿软。她一见，抢先一步，把椅子搁在他身后。

“是我要把你推给他？”天赐坐在椅子上。

“不用你推，我自己去找他。女人图啥？谁给她锦衣玉食，谁就是拿她当心肝……”

她当闺女那时也和他这么闹过。她那么俊俏的小闺女，一点也不闹人就没趣了。今天可不一样。她不是在闹着玩，她心里有他猜不透的大主意。

等她停下来，他说："我一个穷瞎子，这辈子还能遇见你，就是天大的福分。你图不了我啥。"他摸索着地面，找他那根倒在地上的竹竿。干脆不摸它了，站起来就走，却一脚踩在竹竿上，差点滑倒。

铁梨花赶紧上来扶住他。他不领情，把胳膊抽出来，微微仰着脸，给她一个倔强顽固的侧脸。

她由着他去。再缠磨下去，缘分也会越磨越稀薄。

就是这儿了。黄昏的时候，铁梨花带着黑子来这片榆树林。那场秋天的大雨在黄土地上留下了一道道沟渠。山埂秃了，一头高一头低的轮廓更清楚了，在几里以外遥望，一定像是被丢弃了几千年的地老天荒的美人榻。它这么难找，父亲和她自己先后都找到了它，掘开了它。可找到了它，父亲的命还是没保下。她在榆树林里走走，看看，黑子在她前面跑跑，又回来，再往她左右跑跑。那个被掘开的墓道，早被山洪带下来的泥水石头填平。罪迹、证据都让老天爷给抹除了。

黑子突然"呜呜"地低声吼叫。她回过头，见黑子前爪着地，两只后爪刨挖。一会儿，又换了个地方，嗅嗅、刨刨，再回到她身边，焦躁不安。

“黑子，你啥都看见了，只有你一人知道底细。知道啥，你告诉我，啊？”

黑子埋下头没命地刨，一会儿就刨出三四尺深的一个坑。再刨下去，所有的秘密就不再是秘密，所有的罪证就会被开肠破肚。

突然它停下来，两只耳朵耸动着。有人来了。

铁梨花远近看了几眼，并不见任何人影。远处火车鸣叫一声。鬼子让八路摸了哨之后，在车站边上盖起了一座小炮楼，这两天火车又开始准时叫。这趟火车过去，天就该黑了。

黑子不再刨挖，支着耳朵尖，一动不动地伏在那里。一定是有人在偷偷朝这边来。黑子不是那种瞎咋呼的草狗，在判断这人的动向之前，它不会轻易出声。

铁梨花蹲下身。刚才黑子刨出的坑正好能藏下一人一犬。这里的树又密又乱，眼下树落了叶，但树枝条仍然织成密实的网。她的手捺着黑子头顶。狗明白它这时不能动，也不能叫。

天暗得很快。周围一点活的声气也没有。铁梨花的腿和脚都给冻疼了。那个人藏在哪里，他想对她干什么？！……

她对着黑子的耳朵眼轻声说："上！"

黑子就朝盯准的目标“嗖”地一下飞出去。

“哎呀，狼来了！”她叫喊起来。

对面枪响了两声。黑子叫起来，一面左边跑跑，一面右边跑跑。

“黑子回来！”她叫道。

黑子还是左边跑跑，右边跑跑，只是边跑边缩小它袭击的半圆圈。远处，双井村的狗陆陆续续咬起来。

“黑子，给我回来！”

黑子跑回来，还在疯了似的叫唤。

“还真是你呀！”铁梨花大声说。

她是七分猜三分诈。她慢慢从坑里站起，拢了拢头发。

“梨花，幸亏我带了枪！”张吉安的声音在二十来丈之外，“你咋知道是我？”

“旁人能有这么好的短枪？”梨花笑着说，“旁人也不会跟这么紧护卫我呀。”

张吉安走了出来。他一身呢子大衣，戴礼帽，裹了一条长围巾。

“打着狼没有？”她说。

“它一跑出来我就看出它不是狼。”他听上去也笑嘻嘻的，“听你喊，我是怕野兽伤了你……”

“你该怕野兽碰上了我！”她哈哈大笑。

“你一人咋跑这儿来了？”他问道。

这时候两人走得面对面了，但隔着浓浑起来的黄昏，谁也看不清彼此的神色。她想黑子真是聪明：它此刻不急着过来向这位不速之客献殷勤。它不知在哪里观察局势。

“我到了你家门口，碰见两个小娃子，说看见你往这边来了。”

她咯咯地直笑，说:“吉安大哥也成那跟着人吃蚂蚱的燕了。”

“到处闹八路，怕你不安全。”他被她笑得有几分恼，“你一个妇人，天黑了还往这老坟岗上走，我当然得跟着。”

“粮价涨了七八成，古董价也该涨了吧？”她说，“那天我拿出一对玛瑙耳环，让牛旦到黑市上问问价，他还没找着买主。”

“梨花你也太见外了。有东西还用着往黑市上拿？拿到我这儿，你只管开价！……”张吉安急得嗓音都劈了。见梨花不做声，他又说：“镇上几家大户开始赊粮了。收下秋庄稼才多久啊，都有饿死的孩子扔出来了。这一场仗打阔了几个人，打穷了一国人。”

“吉安大哥，你来找我，有事啊？”

他一愣。她一下子把他扯得很远的话题扯了回来。

“没事我不能来看看我妹子？”他笑着，“几天不见，眼睛闭上睁开看见的都是你……”

“哟，您可别跟我唱山歌！”她又笑起来。

“我说的是实话。你离开赵家的那二十年里，我常常梦见你。”

“梦见我和你一块儿，掘出一座金銮殿来？”

“那都说不准。我今天是来带你走的。听说鬼子和八路会有一场恶仗要打，董村和上河村，还有双井村，这几个村一半的年轻男娃都是秘密八路。鬼子要清剿，听说赵元庚也出了不少人马，帮着清剿……”

“他不曲线救国了？”

“救国也不耽误他剿共。在日本人来之前，他的对头就是老共。我打算接你到津县去……”

“他们打他们的，我一个敲疙瘩的女盗，谁也碍不着我，我也碍不着谁，谁打谁我都得守着这块地方敲疙瘩。”

“可赵元庚的老太太埋在津县那一带！”

铁梨花心里说：我还真没猜错。

“噢。”

“梨花，这回你一定得跟我走……这场仗越打越恶，美国人要是在太平洋上收拾了小日本，就会来中国帮中国人收拾他们。也就是一年半年的事。现在日本大商人都在大批收购中国古董，仗打完之前，他们得逃出中国去，以后再来中国搜刮宝贝，就没那么容易了。咱们的财运来了。”

“咱们？谁们？”她问道，心劲给鼓励起来似的。

“地痞流氓都在发古董财，赵元庚那种臭丘八都能霸占国宝，你不觉着冤得慌？……”

张吉安平时的嗓音温润悦耳，一激动就奓出毛刺，并且拔得又高又尖，这时你会意识到他也是从大兵中摸爬滚打出来，像每一个下级军官那样扯破喉咙喊：“稍息！立正！你妈拉个巴子！……”喊过来的。

“冤得慌。真冤。”铁梨花说。

“当然冤！凭你这样的传家本领，凭你这样身怀绝技，你我一合伙，准能找到陪着老太太一块儿下葬的真鸳鸯枕……”

“吉安大哥找了二十多年，才找到我这个合伙人，诚心天鉴。”

张吉安听出铁梨花声音中的挖苦，还有些悲凉，他安静下来。他再开口，嗓音又是那么温润悦耳。他叫她千万别误会他的意思，他找了她二十年，是因为忘不了她。从头一眼看见她，他眼睛就让她的美貌光焰给照瞎了；从此他的眼睛对天下所有的女人都是瞎着的，再也看不见她们。她曾经在赵家用过的一块手巾、一个茶杯，都被他偷偷藏起来，一直带在身边。

他真是有一副难得的嗓子，可以刹那间变成破锣，也可以一眨眼变成光滑的绸子。现在这嗓音说起世上最下贱、最罪孽的事物，比如掘墓翻死尸，也都成了委婉的山歌。他说他的交易本领加上她的敲疙瘩绝技，能让他们成为这一带最富有最美好的一对儿。那他们的下半辈子，就是最享福的。

她没等他说完，就走开了。

他一把拉住她，声音更加柔软。他就用这绸缎的声音说起那个尹医生。他只不过是个小小的掮客，在日本的大古董商和中国走私者之间收点小利。现在用不着这样的掮客了，他张吉安在上海、南京认识了好几个日本大商人，直接跟他们交易。这些日本大商人可是真的爱中国呀，看见中国人随随便便用战国青铜灯盏点灯纳鞋底，用宋代官窑碗吃榆树皮糊糊，他们的心疼得滴血，说多伟大美妙的古代文明就这样被糟践了。所以他们得拿出血本，把这伟大的古老文明一星一点运回日本，保存起来。他和她得帮着他们，别让那些用宋代碗吃杂面条、用战国青铜灯给牲口添夜草的愚昧同胞毁了祖先的宝贝……

“你总算把实话告诉我了。”梨花说。她一面往杂树林外面走去。

张吉安跟着她，叫着：“梨花，我还没说完呢……”

“还说啥？说你找了我二十年是因为你是天下第一大情痴？是因为我国色天香，让你这情痴一见钟情，钟情至死？”铁梨花拿出小闺女的姿势，像是要再刺得他说出更多痴话来，“你不是找我找了二十年，你是找一把活洛阳铲找了二十年。再说你根本不用找我，我走到哪里都没走出你的掌心。”

“梨花，你这样说，可冤死我了！……”张吉安的嗓音又奓出毛刺来，又能去几列大兵前面喊“立正、稍息、妈拉巴子了”。

“你跟着我，为了学到我的绝技，对不？”

“你听我说……”

“告诉你，我铁梨花铁娘娘根本就没什么绝技。什么往老坟头一站，就头晕，那是瞎猫碰了死耗子。要说我有那怪病，也是小时候。也就那一两次。可你们谁都信！我真可怜你们，自己不信自己，非装神弄鬼，才信，才踏实。”

“……你没有那个头晕病？”

铁梨花笑笑：“你白白打了我二十年的埋伏。你打埋伏可比八路埋伏鬼子还耐心。”

说完她甩手便走。

“站住！”张吉安用一副地道丘八嗓音叫道。接下去，似乎就该是下一声口令，“向后转！”

“梨花，你就帮我这一个忙，等你探到赵老太太的墓，咱把那鸳鸯枕一卖……”

铁梨花转过身。她看见他手里什么东西乌黑闪亮。是驳壳枪。

“你打死我这个种红薯、纺棉花的婆子有啥用？这世上是有我不多、没我不少。”她说，“我也不值得你那子弹。”

“你别误会！……”

“是你误会了。你误会了二十年，末了一看，我就配回家种种红薯。”她凄惨地笑起来，“我也太拿我自个儿当人，以为男人真会爱美貌。我也误会了：以为毕竟有男人会真爱我；爱我的男人千错万错，但爱我是真的。因为我美呀。哎呀，这误会可闹大了。这不怪别人，怪我。”

她再次掉转身。

张吉安从后面扑上来，拉住她的胳膊。

“你别懊悔莫及。”他说。

“去吧，去报官，说你逮住了盗墓贼的女首领。”

“梨花，你就伤我心吧……”他死死把她拖入怀中。铁梨花踢打起来，张吉安的丘八身坯子铮铮如铁，已经把她压在下面。他拿着手枪的手紧紧按住她两只手腕，把它们举在她头顶，另一只手开始撕扯她的衣服。

“你连那瞎子都要，就不要我？……我倒要看看，你为瞎子守着什么冰清玉洁的……”他又狠又流气，嘴唇堵在她嘴上。

突然，他的手松了，同时“噢”了一声，手枪又响了，打出去的子弹伤了他前面的一棵树，树疼得直哆嗦。

黑子死死咬在他后脖上的皮，并两边摇晃着它的下巴。

铁梨花野劲上来了，从他手里夺过手枪，给了他一枪托。

“黑子，咬死他！”

黑子发出呜呜的低吼：可是解了馋似的。张吉安毕竟军旅出身，和黑子撕扭一阵，就不分胜负了。

“放开他！”铁梨花对黑子说。她把枪口对准张吉安，感觉心在打夯。她求自己的心平静下去，别让她一抽风欠下一条不值当欠的命。

“梨花！我是真的喜欢你……”

“什么也别说了，再说我可就要吐了！”

他站起来，额角一大片黑乎乎的东西。是让枪托砸出来的血。衣领也被撕烂了，也有一片血迹。

回到家里，铁梨花把藏着的几件首饰找了出来。她盘算着张吉安调兵遣将的时间。他在两个钟点里就能再回来。会带多少人回来？乡保安团的一个班？一个排？

她叫牛旦和她一块儿去趟盗圣庙。

把香供点燃之后，铁梨花从神龛下拿出一桶用了一半的油漆，开始给盗圣的手上漆。牛旦看着她，一声不吭。

“也不知谁，漆得还剩两个手了，又不漆了。”她像自己跟自己说话，“漆着漆着，听见外头枪响了，搁下桶跑了呗……这鬼子也讨厌，不让人家把盗圣爷漆完他再来……”

她叫儿子把蜡烛端上，凑到她跟前去。

“也说不定这上漆的人怕人看见。肯定是掘了谁的老祖坟，心里怕，来这给盗圣爷上上漆，讨好讨好盗圣爷，让盗圣爷保佑他。”

儿子只是替她端着蜡烛，站在她身边，从影子上看，他自己就是个巨大的蜡烛台。

盗圣油漆完了，两手新漆，在烛光里，像刚刚洗干净似的。

“咱回吧？”儿子说。

“不回。”母亲说。

“为啥？”

“到时候你就知道为啥了。”她四下看看，“这盗圣庙有两百年了，还是不漏雨、不透风。总有掘墓敲疙瘩的人给它修缮——你不冷吧孩子？”

牛旦说他就是冷得难受。

“那可得忍忍。忍着吧，到了你亲爹那儿，炭火盆、红棉袍，暖得你非上火不可！”她说。

牛旦使劲看他母亲一眼。她像是突然想开了，打算回去做五奶奶了。

“本来嘛，放着好日子不过，出来做贼。”她扶着墙坐在一个角落里，又拍拍她旁边的地面，“来，陪娘坐会儿，以后你是赵家大少爷，我是赵家五奶奶，就不会像这样相依为命了。大户人家有大户人家的规矩。”

牛旦挨着母亲坐下来。母亲把他的脑袋靠在自己肩上。

牛旦就这样靠着母亲，睡了很香的一觉。他似乎又成了以往的瞌睡虫，一觉睡下去连梦都不做，连远处村里的狗咬都没听见。狗咬得很厉害。听都听得出它们在仰天泣血。

黑子在窑院里跟着村里的狗咬，边咬边跺着四个爪子。

柳天赐披着棉袍爬起来，刚摸到床边的竹竿，就听见大门被撞开了。杂七杂八的脚步从过洞台阶上冲下来。

柳凤在隔壁叫道：“爸！您别怕！”

父亲听出女儿自己怕得直抖。

进来的十多个兵要搜查。问他们搜什么，他们叫父女俩闭嘴，老实待在屋里。

手电筒光亮到处晃，柜子里、床底下、柴棚里……这是个家徒四壁的寒窑，一共没几件障眼的东西，搜得天翻地覆，两袋烟工夫也就翻到底了。

等他们走了后，柳凤问父亲：“又搜查抗日分子？”

柳天赐没说话。他也在猜测。

柳凤说：“我去看看我梨花婶。”

“凤儿，别去了。”柳天赐突然猜测到什么，叫住女儿。

柳凤不解地站在门口。

“他们是先去了她家，没抓住她，才来这儿的。”天赐想起她和他怄了气之后，就再没来过。他对着天说，“恐怕你梨花婶子又走了。”

“她又走了？去哪儿？”

父亲在想，这回一别，是不是又要错过二十年？还是要错过一辈子？

张吉安带着一个营的人把董家镇附近的所有路口都看起来了。铁梨花和他翻脸之后，他找到一个和赵家大奶奶李淡云好了几十年的老尼姑，把淡云请到津县一家斋馆里见面。老尼姑只告诉赵大奶奶赵家的长子找着了，但先得在斋馆里和阿弥陀佛的大奶奶碰个头，再由大奶奶领回去。嘱咐了又嘱咐，赵府里只有大奶奶有这份人缘和信用，能把这事做成，了却赵老太太的遗愿。

赵大奶奶李淡云看见从桌边回过脸来的人头上包着绷带、脖子上也缠着绷带。接着她认出了他是谁，惊得哆嗦了一下。

“大嫂，是我。”张吉安慢慢站起身，眼圈红了。

赵大奶奶眼圈也红了：“吉安！……你也真是！还约到外面！我能让你哥动你一根手指头吗？”

“当年我年轻、糊涂……”张吉安低下头，掩藏他红了的鼻头和滚出眼眶的泪水。

“你现在就不糊涂了？！”赵大奶奶伸出米脂一样的手指头，

在这个生分了二十年的表弟鼻尖上点了一指头。

这一下，亲热就回来了。

“当年为一个女人，你就怕你哥把你咋着，你哥有这么小气？女人没了再娶，自家兄弟一根血脉就这几个！”

张吉安点点头。他知道李淡云和谁都和稀泥，谁都不得罪，但赵元庚真要杀他，她是不会费劲拦着的。他把她请到外面，不是指望她拦着她男人的刀枪，而是让她先听他把要紧话说完，把表兄弟之间谈和的条件带回去。

他把铁梨花、铁牛的来龙去脉都告诉了李淡云。

晚上张吉安带着人到了董村，发现铁梨花家挂了大锁，破开锁进去，房里的油灯还点着，一笼屉热蒸馍还温在灶上。看上去娘儿俩没有出远门。

等了两个多钟点，还没有人回来，张吉安便派十几个人去抄查了柳天赐的窑院，他自己带着人，在大路小路上都放了暗哨。

他自己带着人晃悠在火车站附近。只要铁梨花敢带着牛旦搭乘日本人把守的火车，就一定落在他手里。

只要先落在他手里，他就还有最后一次机会，劝她入自己的伙，去掘赵老太太的真坟，掘那个真鸳鸯枕。她十有八九会从了他。因为她一旦落进赵元庚手里，她知道什么在等着她。他知道她的性子，她会鱼死网破。

往津县城开的快车在董家镇站不停靠，在站上呼啸而过。

火车带来的风掀掉了张吉安的礼帽。他捡起帽子，看着火车开出站去。

坐在车窗里的铁梨花头靠着高椅背，头上包一块头巾遮到眉毛。火车从董家镇站穿过时，她眼睛看着窗外：煤气灯下，一顶礼帽在站台上飞舞。接着她看见了一个头缠绷带的男人追在这顶礼帽后面。她一点也不躲闪，看着往头上扣礼帽的张吉安很快被火车甩到后面。她回过头，眼睛盯在牛旦身上。牛旦坐在两排椅子中间的地上，两条长臂在她膝头上叠摞，叠成一个枕头，脸颊枕在上面。他是真睡着了，他母亲的眼睛却在头巾的暗影里和美丽的眼帘下不停转动。

她和牛旦是在董家镇火车站外三里的地方扒上车的。铁轨在那里转个大弯，火车放慢了速度，她飞跑几步，往前一蹿，就够着脚踏上的扶手，跟着就把身子悠上去。牛旦追了很大一截路，才跳上脚踏板。牛旦和栓儿以及董村所有的孩子对扒火车都不陌生。但他没想到母亲胜了自己，她那纺花织布做针线的身子扒火车竟比他好使。

母亲叫他啥也别问，只管跟着她走。既然她答应带他去赵家认亲，他啥也不用问了。

火车是往东去的。就是说，是往洛阳去的。快到第一个小站时，母亲和儿子跳了下来，从车门进到车厢里。车刚一开，列车员就抓住了这母子俩。母亲浑身摸，大呼小叫地哭起来，说扒手扒走了她的钱包，火车票装在那钱包里。列车员看看这个四十岁的白净女人，一身上乘黑直贡呢袄裤，身边带着七尺的儿子，也穿着周正，不像混火车的无赖，打算开恩把他们捎到洛阳，可这女人说钱都没了还去洛阳逛啥？她请他行行好，把她搁上回津县的火车，她要回津县的家了。

铁梨花和牛旦没有出站，就直接上了往西开的火车。这是一趟快车，在董家镇不停，第一站停的就是津县。

津县下车的人不少，铁梨花不敢大意，拉着牛旦夹在最挤的人群中走出了站。张吉安在董家镇的车站截不到他们，或许很快会追到津县来。

一个古县城没几盏灯火，偶尔会有一辆骡车走过去，牲口蹄子踩在狭窄的路面上，从很远就响过来，走过去很远，也听得见那“踢里踏、踢里踏”的蹄子声。

出了火车站，在牲口粪气味刺刺的城关路上走了不到一里，铁梨花带着牛旦拐下小路。

“妈，咱这是要去哪儿？”

“你不想去见你爸了？”

“咱……咱这是去见我爸？”

“你要再问，咱由这儿就折回去。”

“我是怕您走迷了呀。您来过这儿吗？”

“来过一回。”

“我咋不知道？”

“你是不知道。”她半逗乐半怨艾地补一句，“当儿子的有几个真知道做娘的心呀？你连你妈是谁，恐怕都不知道。”

“……这到底是啥地方？”

“好地方。到了你就知道了。”

牛旦跟在母亲后面走着，打着哈欠。越走夜越深，头上的树枝杈把星星月亮照得半明的夜空网成一小格、一小格。脚下的路渐渐地陡起来。四周不见村落，连狗咬都听不见。

“妈，这儿您来过一回？”

“啊。”

“来干啥？”

“走亲戚。”

“来这儿走亲戚？！”

“是走你的亲戚。你们赵家的亲戚。”

“妈您尽说啥呢？越说人越迷！”

“你叫我说嘛。”

又走了一阵，铁梨花停下来，看看天上，又看看四周。这是在一个山坡上，细看有一丘接一丘的坟头。再走一阵，就是坡顶，他们脚下出来一条路。路是新铺的，就只能让一人独行。

铁梨花叫牛旦等一等，她走进小路旁边的树丛。不久她提着个铁桶出来，桶里装着一把洋镐和一把洛阳铲。牛旦说他从没见过这么漂亮的洛阳铲，又大又利，三五铲子下去，地上准能打出一个小号井口那么大的洞。铁梨花叫儿子跟她来。两人来到一座新坟前。

“你得帮妈敲最后一个疙瘩。”

新坟和一般种红薯、纺棉花的农家男女的坟一模一样。只不过坟前铺着十来块青砖。

铁梨花叫儿子撬起一块砖，把它翻开。头一块砖翻过来，上有六个洞。第二块砖上有五个洞。翻到第三块，牛旦明白了，这些青砖是一副牌，是和了的“清一色”。

铁梨花指了个地方，让牛旦开始下洛阳铲。

“这是谁的？……”牛旦不太情愿地把铲尖插进土里。

“你只管掘。以后去了赵家，再犯敲疙瘩瘾，就过不了了。咱娘儿俩过它最后一回瘾……”

“可……可这坟看着老穷气！”他胳膊提起，把带上来的土倒出来。

“妈探的墓有错？这墓可不穷气，这座山头都叫它占下了，一座山都是墓，还穷气？”

铁梨花点上烟袋锅，看儿子的身体随着越挖越深的墓洞矮下去了。渐渐地，那一人粗细的洞就只剩他的头顶露在外面。他的棉袄、裤子已经一件一件被扔出洞口。

“孩子，你知道这是谁的墓？”

牛旦在洞下瓮声瓮气地回答他咋会知道。

“是你亲奶奶的墓。”铁梨花平心静气地说道。

已经低于洞口的脑瓜顶马上向上冒了冒，铁梨花用脚尖踩住了它。

“你怕啥呀，孩子，是你血亲的祖母呀！活着没见上，死了见个面，我做母亲的也算有了交代。”

下面传来牛旦沉闷的声音：“妈！你叫我上来！……”

“一会儿叫你上来。你祖母带走那么多宝贝，你得帮我掘出来，我才叫你上来。”她穿绣花鞋的脚在牛旦厚厚的头发上抚了抚。

三星偏西，碰到棺材盖子了。洛阳铲换成了洋镐。儿子在墓坑里掘，母亲在上面提土。

“臭不臭？”母亲问道。

“可臭啊。”儿子在两丈深的穴里回答。

“别嫌臭，臭也是你奶奶呀。就从这土里臭了的骨肉里，长出了你爹，又长出了你。”铁梨花呷着早就熄了的烟袋锅说道。

“会叫她坐起来不会？”她问道，“用绳子套住她的头……”

“可沉呐……”牛旦咬着牙说。

母亲一听就知道他正将一条绳子套在尸首的脖子上，和尸首面对面，自己身子往后挺，尸首也就被带得坐起来了。让尸首坐起来，是为摸它身子下面的宝物。

“好东西不少吧？”母亲说。

“看不见……”

“枕头呢？”

牛旦没声了。不久，他叫道：“是镂花的！摸着可细！……

娘您接着！……”他听着欢欢喜喜，劲头十足。然后洞下传出一声精细瓷器碰到铁器的让人揪心的轻响。

铁梨花开始往上扯绳子。月光和星光照在一点点上升的铁皮桶里，里面有一件和月光星光一样清明的物件。她把桶搁在坑边，摘下头巾，裹住那镂空熏香鸳鸯枕，才把它从桶里拿出来：它冰冷刺骨，她怕它冰着她的手。

“摸摸你奶奶的嘴里，看看含着夜明珠没有？”她把桶系下去。

“妈……”

“别怕，她能咬你？她是你血亲的奶奶！”

“妈，拉我上去吧！”

“宝贝还没装完呢。”

她听见牛旦呕吐的声音。这一声吐得可透彻，把大肠头子都吐翻了个儿。

“快点装吧。不然你爸放在里面的啥毒药该让你把血都吐出来了！”母亲说。

“我爸放毒药了？！”牛旦用他吐走调的嗓门问道。

“那能不放毒药？那种毒药你闻不了多一会儿就得死。他为保着他娘的瓷枕头，啥都干得出来！……”

“妈您快拉我上去吧！”

“宝贝还多不多？”

“多着呢！再有俩钟头也装不完……”

“那你倒是快着点啊！”

牛旦在墓坑里又忙又吐，她在墓坑外唠唠叨叨，说这世上真有赵家老太太这么想不开的人——有财宝陪伴她，她孤单单躺在山头上也觉着挺热闹、挺美。老太太被她儿子神不知鬼不觉地埋在这儿，没想到孙子来串门了。

牛旦不再求母亲拉他，自己蹬着坑壁，一点点爬了上来。“妈！”

“你上来干啥？！下去！……”铁梨花用牛旦从没听过的一种古怪声音说道。

“妈，我……”

“不是说你，牛旦，我是说你身后头那个。”

牛旦“呃”地踩空了，栽进坑底。

“怕啥呀牛旦，那是你奶奶呀，她不愿意你拿她那点宝贝！在后头追着你呢！……”

“……妈！……您到底干啥呀？！”

“我干啥你到现在还不知道？！……”铁梨花对墓坑里说道，嗓音枯干。

她说她早在发山洪那天夜里就猜到是谁害了栓儿：牛旦一个人回来了，进了柳家的窑院，脱口就喊“嫂子”，照理说俩人一块儿出去，走失一个，回来的那个该脱口叫：“栓儿哥！”他脱口唤“嫂子”，证明他知道“栓儿哥”不会应答他；栓儿哥已经死了，是被他推进墓坑，害死的。那以后的几个月，为娘的只不过是在一步一步证实她头天夜里的预感。

“都说你妈三分鬼七分人，鬼才能把人做的鬼事看清楚：你开头说栓儿跑在你前头，桥断了，把你留在了桥这边，后来你又说栓儿是为了回去找黑子，从桥上跑回去，再过桥的时候，桥断了。你忘了狗比人跑得快呀，我的儿！你的破绽骗得了凤儿、你柳叔，骗不了你娘！因为娘也不是个实打实的好人，你娘也起过毒念头。不过那些毒念头都为了儿女情长的事儿。”

“妈，我不行了！我快要毒死了……”墓坑下的声音病恹恹的。

铁梨花感到面颊冰凉。那是流出的热泪很快冷下去。她告诉儿子她是怎样一点一点证实她最初那鬼使神差的判断的：黑子回来，牛旦怕极了，因为黑子是他行凶的眼证，它扑他、咬他，一见他和柳凤亲近，就以为他也会害它的女主人，更是拼了命也不让他靠近她。这就让他对那狗起了杀心。他从家里翻出六六粉——她总是把那一类毒药高高地挂在厨房屋梁下，怕人、畜碰了它，给药了。她一看那张包六六粉的纸给团了，扔在柴堆上，她就知道他要干什么。他当然不会自己当凶手，他得去买通一个人帮他行凶。那个被他买通的孩子趁着柳先生在上课，黑子陪在他身边的时候，在狗食钵里放下半斤拌了毒的烧饼。等他看见母亲贴在墙上的黑狗皮，以为他这下可灭了口，所以一看黑子活着，跑进来，以为见了黑子的冤魂。她当时看着他那脸，他那眼神，才知道那就叫作丧魂落魄。

“孩子，你身上流的血，毕竟有我一半，那就是你为啥想要柳凤的温存，又害怕她的温存；你良心还没都让你屙出去；你不愿意既占了你栓儿哥的财宝又占了他的女人，所以凤儿一跟你亲近，你就躲。你越躲凤儿，我越明白，让凤儿守寡的就是你。”

“妈，你叫我上来吧！”牛旦抽泣起来。

“妈问你，你是为柳凤害了栓儿不是？”

“不是……我，我不是那种浑蛋……”

“栓儿娶凤儿的时候，你心里不难受？”

“难受是难受……”

“咋难受的？

牛旦的一只手抓住了铁梨花的裤腿。铁梨花蹲下来，用力握着儿子的手。儿子满面病容，嘴角松开来，挂着白沫。

“你是为凤儿杀人的吗？”铁梨花觉着自己的手使着一股力，似乎只要儿子对她所问的点头承认，她就会把他拉上来。她就饶了他。“你只管告诉妈。妈是过来人。你见栓儿和凤儿进了洞房，心里可熬煎，是吧？”

“是熬煎……”

“为了把凤儿夺过来，你才起的杀心？”

“可那熬煎……也就是两袋烟的事儿……”

铁梨花一下子跌坐在坑沿的土上，同时猛地抽出手。牛旦毫无防备，脚没有蹬住，顺着坑沿滑下去。

“妈，我会为了个女人，就……”他在坑底下说。他的意思是母亲太小瞧他了。

过了一会儿，铁梨花见牛旦再一次一步一步蹬着坑沿爬上来，对他说，她一直以为他谋害栓儿，是因为他太爱柳凤，被痴情糊住了心。一个情种，热血冲头，一失手把事做绝了，杀了自己的兄长，她做母亲的在心里能懂得他，能袒护他，也差不多能宽恕他。但她现在明白：他爱凤儿不假，不过远远不胜他爱财宝、爱那三进院的大瓦房、四匹马的大车。她也是从那个追踪她二十年的张吉安、赵元庚那里，明白了这一点。原来世上的人十有九个半是爱财富胜过一切的。

牛旦又要爬到洞口。他大口喘着气，泣不成声："妈，您叫我上来……我和您慢慢说……"

"牛旦，你知道二十一年前，你生下来那天早上，你娘咋了？"

她告诉他，为娘的如何抱着刚出生一天的他跑到河边，掐住他那小脑袋就往水里按。她突然想起她还没让孩子吃过一口奶，她怎么也得让孩子吃饱了再去投胎。他一呷她的奶头，她软了，这才想到老人们说的，这世上啥都是假的，自己身上掉下的肉是真的。

她跪在墓坑边上，用枯干的嗓音说，老天咋让她做那么难的事？！二十一年了，还要让她亲手杀了她身上掉下的这块肉。然后她慢慢站起来。

一步步往上爬的牛旦看着这个一身黑的细高身影。

"我是命定要犯这罪过了：命定得杀死赵家这个长子长孙。这时下手，比二十一年前可难多了呀！"她的一头乌发披散下来，被冷风抖开。

“娘……”儿子以垂危的声音唤道。

“你为啥不抵赖？你抵赖呀孩子！娘不想叫你死，你抵赖得能让我相信一分一毫，我就像二十一年前那样饶你一条命……你抵赖呀！”母亲气绝般地说道。

儿子张了张口，没说出什么来。他真的抵赖也不可能让母亲相信一分一毫。

“孩子，我成全了你吧。留下你，你也废了。这时候你想到‘盗亦有道’，太迟了。这些天你白天悄悄去修缮盗圣庙，夜里梦游去庙里烧香祷告。你魂魄已经不在身上，早归了阴了，留着这空皮囊还有啥意思？既不能做我的儿子，也不能做凤儿的男人。你废了。谁让你身上有我的一半骨血呢？要是你和你爹一样，造了孽作了歹照样八面威风、四方体面，那咱另说。可你不一样啊，你造的孽让你自己落下这么大的心病。你那出了窍的魂儿回不来啦。”

牛旦又一次爬到坑沿上，手指头楔进泥土里。

“孩子，你是想跟娘抵赖不是？”

铁梨花被自己的泪水浴洗着。

儿子不顾一切地往外爬，两眼直瞪瞪的。眼看他又要拉住母亲的裤腿了。母亲往后退了一步。

“你和栓儿五岁那年，我带你俩去庙会看戏，给你俩一人买了一盘水煎包，你俩都偷偷揣了一个在兜里，都偷偷给我，叫我吃，两人的新衣裳弄了两兜油！……”

铁梨花说着，跪在坑沿上，轻轻抚摩着儿子年华正茂的头发，然后用力把那颗比二十一年前大了许多的脑袋按下去。

她这是头一次亲自动手往墓坑里填土。

玖

人们后来记得这天是腊月初三。冬天过了一半，还没见一场像样的雪，到处都是很厚的尘土。人们在尘土混着油垢的桌面上赌小钱。有人说牛旦那货手面大，他不来玩没啥看头。

从梯子上下来一个四十多岁的汉子，白净脸，拿文明棍。人们在这样一个陌生的文明人面前多少都有点拘谨，都不咋呼了。汉子看看各张桌，像是在找谁，又没找到。领他进来的跑堂明白了，讨他欢心地笑着，指指屏风后面。

“杜康仙”窑洞赌场也知道遮羞了，把等生意的窑姐们隔在屏风后面。

汉子去了几扇屏风后面，马上又走出来。他对跑堂的不高兴了，他怎么以为他要找窑姐呢？

这时赌场门口有人大声照呼：“铁娘娘来了？”

白净脸汉子朝门口看过去。

铁梨花成了另一个人，银灰紧身旗袍，领口袖口滚黑貂皮的边，一动一扭，像一条站着游的鱼。她眼一抬就看见了白净脸汉子。

“张副官！”她叫道，“等半天了？”

人们心想，这位张副官是不是传说中赵元庚那个文武双全的表弟张吉安。

铁梨花胳膊上挎着一个布包袱，里面有个长方的物什。她走近了，人们才看见，她浑身上下至少佩戴了几十件首饰，一动一闪光。

“带来了？”张副官问。

“带来了。”

张副官朝她身后的门口看看，眼睛迷糊了。“没见他进来啊？”

铁梨花拍拍胳膊上挎的包袱：“在这儿呢。”她从一张桌上拿起一个酒瓶，灌了一大口酒。

“我是问铁牛……这儿说话不方便，咱们出去说。”

铁梨花就像没听见他的话，把挂满酒珠子的下巴一拧，就在肩上蹭干了。人们发现她白眼珠发红，好像上这儿来之前已经喝了不少酒。她今天美得有些可怕。

“你说谁？”她问，似乎忘了自己儿子的大名叫铁牛。

“你托人带的话呀——说你们娘儿俩一块儿来。”

“噢，对了，你原打算拿我们娘儿俩一块儿去赵元庚那儿请赏的。”

“要不，咱到那后面去说？”汉子想把铁梨花往屏风后面让。

铁梨花躲开了他，又喝了几大口酒。酒瓶空了，她就手往地上一掼。动作不大，却毒。

人们开始起哄，喝彩的鼓掌的，一片尘土飞扬的快活。有人把一个瓷茶杯递到她手里，请她也干了。她一仰头干了里面的酒，又是那样把杯子掼在地上，以同样狠毒而不见动静的手势。

“铁娘娘好酒量！”人们捧场。

铁梨花两腮开出两朵粉红牡丹，朝捧场的人一笑。是那种把三教九流统统迷死的笑容。

“才知道？”她说，“非得喝点酒。喝下这点酒，你们这些牛头马面看上去才有人模样。”

她踏着一个条凳，上到一张桌上，把上面的骨牌用穿绣花鞋的脚尖扫到地上。

“那，你们都看好喽——”她不知什么时候已经从布包袱里掏出了一个瓷物什。人们意识到他们正半张着嘴，倒提着气，瞪大眼看着的，正是那个镂空熏香鸳鸯枕。

“梨花，别摔着！”张副官挤到桌子下面，“你怎么醉成这样？！”

“我不醉成这样，你这屎橛子不就让我看出原形了吗？”铁梨花把瓷枕搁在右手的掌心上，让它轻轻打晃。“都看见了？这就是那个鸳鸯枕；就是为了它，多少人尔虞我诈，自相残杀。栓儿是为了它死的，我的孩子牛旦，也是为了它死的。这以后，不知道还有多少人得为它死。”

张吉安向门口跨了一步，马上被铁梨花喝住:“要去叫人吗？等一下。”

张吉安不动了。

铁梨花露出小姑娘得逞时的快活来。就像掼空酒瓶和粗瓷杯，她的手腕子一抖，鸳鸯枕已经碎在桌下的地面上。

“再不用把它埋了挖、挖了埋，让人为它伤天害理、德行丧尽了。”她淡淡地说着，一边用包袱布擦着手。

人们对后来的情形说法不一。有的说铁梨花当场就被张副官叫进来的兵给绑走了。有的人说张副官一见那瓷枕碎了，没啥指望了，灰溜溜地走了。他走出去后，涌进来一大帮拿长枪的兵，把铁梨花给拿下了。也有人说，张副官没有把铁梨花捉拿到赵元庚那里去归案请赏。因为赵元庚的长子牛旦死了，鸳鸯枕也碎了，鸡飞蛋打，他即便送铁梨花去归案，在赵府等他的，也不会是犒赏。

那夜下了场大雪。憋了一两个月的雪填墓坑似的朝董村、董家镇盖下来。趁着大雪，八路从山上摸下来，和县城里正打算过阳历年的鬼子打了一场大仗。人们说：那枪声枪响得恶着呢。

在雪和枪炮声里，唯一一个走在路上的人影是个女的。后来人们都说那是铁梨花。

谁也不知那究竟是不是铁梨花。之所以这么传，是因为从那个大雪夜，镇上、村里再没铁梨花这个人了。世上也似乎再没铁梨花这个人了。

说世上再没了铁梨花，是因为连董村小学校的柳天赐柳先生都不知道她去了哪里。柳先生常常拉他的胡琴，累了，停下来，问他的狗黑子："你知道她去哪儿了？"

黑狗下巴耷拉在地上，眼神又老又忧伤。